착각물

김누누
1991년에 태어났다.
2014년까지 김보섭으로 활동하다가, 2014년부터 김누누라는 이름으로 활동
하기 시작했다.
2019년 독립문예지 『베개』를 통해 작품 활동을 시작했다.

파란시선 0071 착각물

1판 1쇄 펴낸날 2020년 11월 10일
지은이 김누누
디자인 최선영
인쇄인 (주)두경 정지오
펴낸이 채상우
펴낸곳 (주)함께하는출판그룹파란
등록번호 제2015-000068호
등록일자 2015년 9월 15일
주소 (10387) 경기도 고양시 일산서구 중앙로 1455 대우시티프라자 B1 202호
전화 031-919-4288
팩스 031-919-4287
모바일팩스 0504-441-3439
이메일 bookparan2015@hanmail.net

ISBN 979-11-87756-84-2 03810

값 10,000원

착각물

김누누 시집

차례

시인의 말

제1부

니블스는 시은의 눈

유리눈은 기록자다
스스로 보고 스스로 담고 스스로 줄이고 스스로 키우고
스스로
조각 조각 땃따따
꺼내 보고 땃따따

세계를 가두면 가둔 만큼 지배할 수 있다
딱 그만큼의 저항
남들이 싫어하는 솔의 눈을 마시고

본다
그러니까 니블스가 매일 매일
조금씩 조금씩 시야를 먹고

사실 솔의 눈을 마지막으로 먹은 게 언제인지 기억도 잘
안 날 만큼 오래됐다

마지막에는 경쾌한 음악을 틀어 놓는다
신나기는 하지만 거슬리지는 않을 정도의 음악

근데 니블스가 누구예요?

라고 묻는다면 그 질문에는 대답하지 않겠습니다

니블스는 어떤 말을 하거나 하지는 않고

니블스는 본다

이 말은 위에서 이미 했던 말이지만 니블스는 매일같이

보기 때문에 이다음에 또

니블스는 본다

라고 말할 수 있다

유리 눈을
자뜩 　 화
잔해 　 줄
대든 　 세
어를 　 본
계
다

4(Feat: 김연덕)

손을 잡고 걸으면
연인이라는 선언 같아
마음이 좋다

너와 손잡고 같이 걸을 수 있어서 나는 너무 행복해
이런 말은 부끄러우니 꺼내지 않고 대신
애인 너무 귀엽고 사랑스러워 애인 너무 좋아
라고 트위터에 올린다

그러니까 이 시는
연인을 사랑하는 시도
떠나간 연인을 그리워하는 시도 아니다

그러면 뭔데?
라고 네가 물으면
사실 그건 그냥 멋있는 척하려고 했던 말이었어

기분을 이기고 싶은 말이었다

무게 없고

생각 없는 손잡기

엉망으로 터지는 웃음처럼
손깍지의 자세함처럼
멈추다
영원하다는 기분이 손을 대신할 수 있다면

오늘 다짐이
오늘 기분을 대신할 수 있다면 사랑은 빈 얼굴
깨끗한 구조 같았을까

내 트윗처럼 귀여웠을까

떠들고 달아나고
지연시키고 싶은 시
자꾸만 길어지는 이 시는
연인을 사랑하는 시가 아니고
슬프거나
초라한 시도 아니고
이 시는 선언하며

구석까지 흔들리는 시

우리는 좋아진다
너무너무의 속도로

감정적인 손으로

마주 앉아 지나간 연인 얘기를 하다가 보면
구십 분 내내 뛰었는데 영 대 영인 축구 경기 같고

날씨가 왜 좋은 걸까 생각했더니
그건 날씨가 나빠야 할 이유가 전혀 없어서였다

기분이 좋아서
기분이 아주 좋아졌다
그러나 이 시는
마냥 기뻐하고 있는 시는 아니고
그렇다고 마냥 슬퍼하는 시는 더더욱 아니다

은수야
은수야
부르면

어?
은수는 항상 한 박자 느리게 대답한다

더 스페이스 유니버스 사이클론 코스모스

외국어에 능통한 친구의 도움을 받아 읽기도 힘든
외국어 문장을 한국어로 변환할 수 있었다
다시 만날 수 없는 친구에게 이 시를 보낸다

우주가 있었다
없었습니다
있었는데요

아니 왜 물어보지도 않고 자기 멋대로 그렇게 일을 처
리해?
누구한테 물어보면 되죠?
애야? 애도 아니고 말이야 그런 걸 일일이 다 알려 줘
야 돼? 좀 알아서 좀 해 자네는 뭐 아는 게 하나도 없니
Koit![1]

이에 대한 연대책임을 물어
제3우주를 소멸시키겠습니다
판결은 절대적이고 거스를 수 없다

코스믹 사이클론이 삼 일 뒤에 방문할 예정입니다
코스믹 사이클론은 우주 처형 집행자들의 이름이다 그

들은 살아 있는 사이클론 생명체다

제3우주는 그렇게 역사의 뒤안길로 사라지고 말았습니다

제3우주 바로 옆에 있는 제2우주와 제5우주[2]는 사라지지 않으려고 백방으로 노력하였지만 제2우주의 경우 코스믹 사이클론의 규모가 워낙 방대했으므로 제3우주와 함께 휘말려 약 1/4 정도의 우주를 잃고 말았다

제2우주는 이런 사고에 반발해 코스믹 사이클론을 고소할 예정이다

—

친구야 그런데 이런 시는 왜 번역해 달라고 한 거야?

아니 처음부터 외국어로 쓴 것도 아니고 네가 한국어로 쓴 너의 시인데 왜 너의 시라고 하지 않고 내가 외국어로 된 남의 시를 번역해 준 것처럼 말하는 거야?

아니 나는 처음부터 있지도 않은 친구잖아 왜 나를 실제로 있는 사람처럼 말한 거야?

아니 친구야 사실 우리는 친구도 아니잖아 친구도 아닌데 왜 친구라고 썼어? 나는 사실 실제로 있지도 않은 친구니까 만날 수 없는 게 당연한데 '왜 다시 만날 수 없는 친구에게' 같은 말을 아련하게 했어?

친구야 왜 그런 거야? Koit! 같은 말은 사실 있지도 않은 말이고 네가 그냥 지어낸 말이잖아 왜 없는 나를 지어내고 없는 나한테 번역을 맡기고 번역도 실패하게 만들었어? 왜 있지도 않는 실패를 만들었어?

친구야 말해 봐 친구야 가만히 있지 말고 억울해? 응? 네가 뭐가 억울해?

[1] 역자 주. 마땅한 한국어 표현을 찾을 수 없어서 번역하지 못하였음. 주로 기분이 언짢은데 겉으로는 티를 내지 않을 때 하는 대답임. 굳이 한국어로 표현하자면 '네(뻐큐 먹어)'로 표현할 수 있음. '코잇'으로 읽는다.

[2] 작가 주. 우주는 제0우주를 시작으로 제1우주, 제2우주, 제3우주, 제5우주, 제6우주, 제7우주…… 이런 식으로 나열되어 있다. 제4우주가 없는 까닭은 4는 불길한 숫자이기 때문이다.

우주라이크썸팅투드링크

우주는 오늘 기분이 몹시 좋지 않았다 이유인즉슨 중간고사를 완전히 망쳐 버렸기 때문이었다

물론 우주가 평소에 공부를 열심히 했다거나 시험 준비를 철저히 한 것은 아니었다 그러나 시험을 망치면 기분이 안 좋아지는 것이 학생으로서 응당 가져야 할 태도라고 우주는 굳게 믿고 있었다

우주는 기분이 좋지 않으면 음료수를 마신다
기분이 좋아도 음료수를 마신다
우주는 그냥 음료수 마시는 것을 좋아한다

우주는 모든 행성의 총체를 일컫는다

집으로 돌아가는 길에 우주는 다짐했다
기말고사는 진짜 진짜 꼭 잘 봐야지
그러나 우주는 다음 시험도 망칠 것이다
딱 그만큼이 우주가 할 수 있는 최선이다

역사는 언제나 왼쪽에서 오른쪽으로 흐르고(관점에 따라 오른쪽에서 왼쪽이 될 수도 있음)

이것은 나의 신에게 바치는 말이다 어떠한 일은 결코 있
을 수 없는 일로 여겨졌는데
그들은 그것을 정당하고 옳은 일이라 여겼다

이 교활한 독사 같은 자식들!
그들은 자주 분노했다 자주 술을 마셨다 분노를 가라
앉히려고 마셨다
정복 전쟁을 자주 하는 나라의 왕은
출정을 하기 전 이렇게 기도했다

부디 바다의 노여움을 가라앉혀 성난 파도를 잠잠케 하
여 주시옵소서.

간절함을 담아
술잔을 부딪히며

찬찬찬
돌아서 버린 너였기에 멀어져 버린 너였기에
소중한 기억 속으로 접어들고 싶어

흘러가는 *시간 속에 (속에!) 나의 모습 찾을 수가 없어! (없어!)*

이다음 장면은 정복 전쟁을 나간 그들이 패전 국가의 지식인들의 숨통을 끊는 장면이다
그러나 우주는 공부를 못했기 때문에 지식인이라고 하기에는 민망한 부분이 좀 있다

우주는 친구들 사이에서 제일 아는 게 없는 애로 통했다
우주는 아는 게 없어 우주는 알 수가 없어
알 수 없는 우주 우주는 알 수가 없지요
같은 말로 우주를 조롱하고 놀렸다 우주는 놀릴 때마다 재미있는 반응을 보인다

우주는 기말고사를 치르기 전 갑작스레 전학을 갔다
우주와 어울렸던 친구들도 모두 우주와 연락이 끊겼고 연락이 끊긴 그대로

스무 살, 서른 살이 되었다
마흔 살, 팔십 살이 되었다

마침내 구십 살
이억 오천 팔천만 육백 살이 되었을 때

노년의 친구들은 만나 술잔을 부딪혔다 이들 중 어느
누구도 자기들이 우주의 친구였다는 사실을 기억하지 못
하고 있었다

이것이 참이라 생각된다면

오렌지
한입 베어 물었다
으악! 이건 오렌지가 아니라 레몬이잖아요!

하하하
하하하
영재는 오만상을 하며 얼굴을 찌푸렸고 아이들은 그걸
보면서 또 까르르 웃었다
내가 고른 건 달콤한 오렌지였는데

그 일이 있고 나서부터
영재는 자주 몸이 공중에 뜨는 체험을 했다
손가락에서는 신맛이 났다
손바닥에서, 손목으로, 팔로, 몸으로, 마침내 몸 전체에
이르렀다

영재는 자주 죽음을 시도했으나
떨어져도 추락하지 않고 오히려 몸이 공중에 떠 버렸다
영재는 내가 죽으려 하면
어디선가 나타나서 나를 살려 준다

나만 살 수는 없지
영재는 말했다

그때쯤 영재의 피부는 완전히 옅은 노란색이 되어 있었고

영재는 레몬을 먹고 얻은 능력으로 사람도 구하고 악당
도 물리쳤다
그의 신맛 주먹에 맞고 쓰러진 악당들은 온몸이 침 범벅
이 되었다
영재는 사람들에게 레몬맨으로 불리며 수많은 환호와 미
움을 동시에 받았다
많은 돈을 벌었다

향수를 모으는 영재에게 향수를 선물했다
언젠가 우리는 사람에게 평생에 단 한 번 찾아오는 엄
청난 행운에 대해 이야기한 적이 있다
나는 그 행운으로 오렌지를 먹었다

아주 달콤한
오렌지였다

미확인 식물 연구소

작고 귀여운 하얀 토끼
풀을 뜯어 먹는다
작고 귀여운 푸른 풀
토끼를 뜯어 먹는다

파리를 잡아먹는 식물을 파리지옥이라 부르니까 토끼
를 잡아먹는 이 식물의 이름을 앞으로 토끼지옥이라 부르
도록 하겠습니다

하지만 소장님 이 식물은 토끼뿐만 아니라 살아 있는 건
죄다 뜯어 먹는걸요? 소장님이 말씀하시는 사이에도 연구
원 한 명을 뜯어 먹었습니다

그럼 그냥 지옥이로군요
지옥은 연구소장마저 뜯어 먹었다
몸을 사리지 않는 연구 끝에 저희 미확인 식물 연구소
는 이 식물이 줄기와 가지를 자유자재로 움직일 수 있다
는 사실을 알아낼 수 있었습니다 뿌리가 튼튼한 이 식물
은 개체에 따라 뿌리를 다리처럼 이용해 이족 보행하기도
한다는 사실도요

어떻게 알았냐고요?

　연구원 몇몇이 도망치다가 식물에게 붙잡혀서 뜯어 먹혔거든요

　실험은 반드시 누군가의 희생을 동반한다

　토끼와 쥐들에게 너무 많은 몹쓸 짓을 해 왔군요

　지옥에게 뜯어 먹힐 때 연구원들은 이러한 생각을 했다

　이것은 미확인 식물 연구소의 마지막 연구가 될 것이다

　미확인 식물 연구소에서는 이 식물의 이름을 지옥풀이라 부르기로 합의하였다

　살아남은 연구원들은 언론을 통해 이를 발표하였다

　저희는 이 식물을 지옥풀이라 부르기로 했으며 이 지옥풀의 위험함을 몸소 느껴 본바, 지옥풀의 재배를 엄격히 금지할 것을 간곡히 요청합니다. 그러나 저희 미확인 식물 연구소는 이 지옥풀이 어디서 어떻게 자라났는지 결국 알아내지 못했습니다. 죄송합니다. 저희가 확실히 알아낸 사실은 이것뿐입니다. 지옥풀은 살아 움직이는 모든 생명체를 잡아먹으며 이러한 행위의 목적은 영양분의 충족 같

은 것이 아닌 그냥입니다. 여러분 부디 이 지옥풀에 대해 궁금해하지 말아 주십시오. 부탁드립니다.

지옥풀의 학명은 'Apocalyptuse'입니다. 저희는 저희의 목숨이 다할 때까지 연구를 멈추지 않겠습니다. 감사합니다.

아포칼립스 직전

안식년을 맞은 기념으로 김 교수는 일 년 동안 아시아 전역을 돌아보기로 했다

그는 자신이 한국에서 나고 자라 한국어를 모국어로 사용하는 한국계 한국인이라는 이유로 한국을 필두로 동북아시아 지역을 먼저 돌아보기로 하였고

김 교수는 이미 충분히 나이 들었으므로
김 교수의 생각은 쉽게 바뀌지 않을 것이다

김 교수의 아내는 찌개를 끓인다 김 교수는 평소에 음식을 짜게 먹으므로 그는 최대한 싱겁게 국을 끓인다

김 교수는 아무런 불평도 하지 않고 아내가 끓인 찌개를 먹는다 김 교수의 아내는 이미 김 교수가 안식년 동안 아시아 전역을 돌아보기로 결심한 사실 자체만으로 충분히 많이 화가 난 상태이고 김 교수 또한 그 사실을 잘 알고 있었기 때문이다 만일 김 교수가 찌개 맛에 대해 어떠한 말을 얹는다면 그의 아내는 그에게 그럼 당신이 해 먹으라는 말을 할 것임이 분명하다

고 김 교수는 생각했다

김 교수는 각 나라마다 짧으면 삼 일에서 길면 일주일 정도 머물기로 기한을 정했다

김 교수의 목적은 휴양이 아니었기 때문에 일주일 넘게 있을 필요는 없다고 생각했다

김 교수는 한국의 어느 숲에서 사망했다

나무 한 그루가 쓰러지면서 김 교수를 덮치고 말았던 것이다

그곳은 관광지로 꽤 유명한 숲이었으며 그날도 역시 많은 사람들이 몰려와 숲을 거닐며 사진도 찍고 앉아서 쉬기도 하고 그랬다

김 교수는 훗날 나무가 쓰러지는 걸 봤을 때에는 이미 너무 늦었다고 말했다

우리가 김 교수를 발견했을 때 김 교수는 아직 생에 미련이 많이 남아 있었다

김 교수의 시신은 수습되어 화장되었지만

김 교수의 영혼은 나무를 들어 올리지 못해 여전히 숲에 남아 있다

이것 좀 들어 줘요 내 마지막으로 와이프 얼굴 한 번만
보고 가리다
　　김 교수는 우리에게 부탁했지만
　　우리는 그의 부탁을 들어줄 수 없었다
　　김 교수는 숲의 비밀을 모두 알고 있었기 때문에

　　사람들은 그 숲에서 사람이 죽었다며 잠시 발길을 끊
었지만
　　지금은 다시 인파로 가득하다

차라의 숲에서 벌어진 일들은 아마 우리의 잘못은 아닐 거야

호수를 거니는 하얀 영물은
푸른빛을 띠고 있다

고양이님의 배려 덕에 여기까지 올 수 있었어요
눈을 떴을 때 처음 들어온 풍경
편하게 있으라는 말이 오히려 저를 불편하게 만드는
걸요

하얀 생물이 푸르게 보이는 까닭은 우리의 눈 때문이다
저 영물도
푸른 눈의 백룡도

영물은 앞다리를 벌리고 고개를 숙여 물을 마신다
파문이 인다

저녁으로는 뭘 먹고 싶으세요?
영물은 말을 할 때 내가 알아들을 수 있게 내가 알아들
을 수 있는 언어로만 말을 한다

벌써 저녁 먹을 시간이 되었나요?

그런 말을 하는 순간 숲은 돌이킬 수 없을 만큼 어두워
지는 것이다
이제 그만 돌아가야겠네요 시간이 너무 늦었어요

라는 말을 들으면
숲의 표정은 싸늘해지는 것이다
죄송해요 농담이었어요 사실은 더 오래 여기 머물고 싶
어요
라는 말을 들어야 비로소 따뜻해지는 숲의 얼굴이다

영물은
나의 잘못을 덮어 주고 포근하고 다정한 목소리로

나를 이해한다고 말하지만
집에 돌아가야겠다는 말에는 대답하지 않는다

같이 저녁 먹어요 모두 당신을 기다리고 있어요 토끼님
도 고양이님도
푸른 눈의 백룡도 그러니까
같이 저녁만 먹고 가요

영물은 금방이라도 울 것처럼 말했고
뾰족한 숲
천 년 동안 계속되는 저녁 식사

푸른빛을 띠는 내 얼굴

하이드 온 부시

덤불 속에서 갑자기 나타나 어흥! 하며 놀래키는 것은
그의 오랜 취미이다

아 깜짝이야
이런 반응은 기쁘고
너일 줄 알았어
이런 반응은 슬프다

그는 깜짝 놀래켜기의 수호자다
어떤 사명감까지 가지고서

어흥!
외친다

숲은 다정해 놀라지도 않았는데 놀란 척을 한다
그는 눈치가 빠르다

시답잖은 말장난을 몇 번 하다가
재미가 없어지면
그는 다시 덤불 속으로 들어간다

넝쿨을 덮고 잠을 잔다

그는 잠귀가 밝다
자다가도 벌떡 일어나 어흥! 하며 놀래켜야 한다
작고 동그란 몸을 잔뜩 웅크리고
숲의 목소리를 듣는다

숲은 우는 것처럼

이럽시다 저럽시다 그럽시다 그렇게까지는 하지 맙시다
아니다
그렇게까지 합시다

그는 좀 더 잘 듣고 싶어 귀를 기울였으나 너무 멀어 잘
들리지 않았다

놀래켜려면 놀라지 않아야 돼
어떤 일이 일어나도 소리 내지 않고
담담한 태도로
가만히 서 있었다

지금인가?
기다려
안 돼 기다려

이야기를 마치고 돌아가는 숲에게
어흥!을 할 뻔했지만
그는 눈치가 빠른 편이다

합평의 제왕과 모난 돌을 쥔 사람

모난 돌이 정 맞는다
라는 속담을 만든 사람의 머리통을 그 돌로 찍어 버렸
어야 했는데
그래서
과거로 돌아가 실제로 머리통을 찍어 버렸습니다

하지만 속담은 필연적인 존재였고
저는 그때마다 과거로 돌아갔습니다

죽었다가 살았다가
죽었다가 살았다가
죽었다가 살았다가
죽었다가 살았다가
다섯 번을 찍으니까 그제서야 잠잠해졌습니다

라는 시를 합평 시간에 가져갔는데
교수가 꺄르르 아이처럼 박수를 치며 좋아했다
실화인데

교수는 매 합평 시간마다 합평의 제왕이 가져온 시를

칭찬하느라 다른 학생들의 시는 읽는 둥 마는 둥 할 정도였다

합평의 제왕은 이름이 따로 있었으나 같은 과 선배의 '애완전 합평의 제왕인데?'라는 발언 이후로 이름을 잃어버리고 합평의 제왕이라 불리게 되었다

그러나 일상생활에서 합평의 제왕이라 부르는 건 너무 길고 불편했기 때문에 그의 친구들은 합평의 제왕을 줄여 합제라고 부른다

합제는 사실 매 합평 시간마다 시를 써 간 게 아니라 실제로 있었던 일을 시인 척하고 가져갔던 것인데

교수는 그것도 모르고 꺄르르 좋아한다

다 늙어 가지고는

합제는 교수를 싫어했다

합제는 교수를 너무 싫어한 나머지 합평 시간에 교수의 형은 교수형이니까 교수의 형의 아내는 교수형의 처이고 교수의 형의 처의 이름이 하라면 그럼 '교수형에 처하라'가 된다는 내용의 시를 가져간 적도 있었다 그러니까 교수를 교수형에 처하라고

심지어 중간부터는 쓸 말이 없어져서 교수가 대머리가
되었으면 좋겠다 같은 구절로 대충 채워 넣기까지 했다

　　물론 교수는 위트가 어쩌고 하면서 또 꺄르르 좋아했고
　　진짜 눈치도 없이 늙어 가지고 너무 싫어 진짜
　　합제는 거의 대놓고 말했다

　　합평의 제왕이라는 별명은 교수 때문에 생긴 별명이었
으므로 합제는 본인이 합평의 제왕이라 불리는 것도 싫어
했다 친구들이 합제야 합제야 부를 때면 합제는 항상 합
제가 아니라 이름으로 불러 달라며 화를 냈다
　　그러면서 합제가 자기 이름을 말하려 할 때면
　　합제는 모난 돌을 손에 쥐고 과거로 돌아가야 했다
　　오래된 반복이었다

합평의 제왕과 교수가 죽은 다음의 술자리

교수의 사망 소식을 처음 들은 합제는
내가 먼저 죽였어야 했는데
라고 생각했다
합제는 하루 종일 기분이 좋지 않았고

합제의 친구들은 합제의 시를 좋아하던 교수가 죽어서
합제가 슬퍼하는 줄로만 알고 있다
맞아 나를 알아주는 사람이 사라졌다는 사실이 얼마나
슬프겠니
친구들은 합제를 위로해 주려고 커피도 사 주고 케이크
도 사 주고 밥도 사 주고 술도 사 줬다
그래서 합제는 내가 교수를 죽였어야 했는데 엄한 데
서 객사했다는 게 너무 화가 난다는 사실을 굳이 말하지
않았다

술자리가 길어지자 친구들은 술에 취하기 시작했고
그거 잘 죽었지 잘 죽었어
합제의 눈치를 보느라 꺼내지 못했던 말을 꺼냈다

합제는 조용히 친구들이 계산할 안주를 집어먹기만 했다

잘 죽었지를 시작으로 친구들은 앞다투어 주머니에서
교수 욕을 꺼냈다
술자리는 삽시간에 죽은 교수 욕 경연 대회가 되었다

교수 새끼 잘 죽었다
진작 죽었어야 해 그 새끼는
이제야 죽은 게 얼마나 억울한지
나쁜 새끼
못된 새끼
교수 새끼
야 짠해

짠!

교수 새끼
나쁜 새끼
죽일 놈의 새끼

합제는 가만히 친구들의 얘기를 듣고 있다
듣고 있다가

도저히 참을 수가 없어서

아니라고! 내가 죽였어야 했는데 못 죽였다고! 내가 죽였어야 돼 내가! 거기서 그렇게 죽으면 안 됐다고!
어헝헝
합제는 테이블에 엎드려 울기 시작하고
머리카락이 국물 닭발 냄비에 들어갔다

친구들은 영문도 모르고 합제야 괜찮아? 합제야 미안해 우리가 말이 심했지 미안해 네가 교수님을 그렇게 생각하는지 몰랐어 미안해 합제야 미안해 울지마 합제야
미안해 합제야
합제야 미안해

합제라고 부르지마 진짜 싫어 이름으로 부르라고 이름으로
합제는 울면서 속으로는 또 과거로 돌아가게 될까 걱정했다

(합평의 제왕과 밝혀지는 진실 편으로 이어집니다)

그레고르 잠자는 숲속의 공주

카프카의 변신에서 그레고르 잠자는 결국 싸늘하게 죽
는 결말을 맞습니다만 실상은 그렇지 않습니다 잠자는 숲
으로 갔습니다
제가 봤어요
문학으로 떠나는 유럽 산책 수업 교양 교수는 단호한
눈으로 말했다

수강생들은 갑자기 달라진 그의 어투에 숙였던 고개를
잠시 들었다가 다시 내린다
그게 무슨 헛소리세요 교수님 잠자는 실제 인물도 아
니잖아요
라는 말로 반박할 수 없었다
교양 교수의 바지 주머니에 무언가 알 수 없는 것이 들
어 있었기 때문에

그는 어떻게 사람 눈이 저럴 수 있지? 싶은 눈으로 그레
고르 잠자 얘기를 했다
이제는 카프카도 변신도 언급하지 않고 죽은 줄로만 알
았던 그레고르 잠자가 어떻게 숲으로 가게 되었는지 그
숲은 어떤 숲인지 숲으로 들어간 그레고르 잠자가 어떻게

되었는지 말했다

수업은 엉망이 되었지만 강의실의 모든 사람이 그것을 괘념치 않아 한다

급기야 교수는 울기 시작했고

그는 카프카를 그 자식이라고 부른다

증오와 멸시를 담아

카프카를 저주한다

그 자식이 우리 공주님을 공주님을

후

별안간 교수는 몸을 바들바들 떨더니

오늘 수업은 여기까지 하죠

하며 강의실 밖으로 나가 버렸다

그리고 다시는 돌아오지 않았다

수업은 자연스레 폐강되었고

이제 문학으로 떠나는 유럽 산책 수업 시간이 되면 수강생들은 하염없이 캠퍼스 주변을 걷는다

46

계절의 영향을 받은 잔디들이 쑥쑥 자랐다
들어가선 안 되는 잔디밭

잔디밭에서 교수가 발견되었다
정확히는 교수로 추정되는 무언가였다

종강이 올 때까지 수강생들은 그것 주위를 배회했다

변신을 가져와서 소리 내어 읽는다

어느 날 아침 그레고르 잠자가 편치 않은 꿈에서 깨어
났을 때 그는 침대 속에서 한 마리의 엄청나게 큰 갑충으
로 변해 있는 자신의 모습을 발견했다.
어느 날 아침 그레고르 잠자가 편치 않은 꿈에서 깨어
났을 때 그는 침대 속에서 한 마리의 엄청나게 큰 갑충으
로 변해 있는 자신의 모습을 발견했다.
어느 날 아침 그레고르 잠자가 편치 않은 꿈에서 깨어
났을 때 그는 침대 속에서 한 마리의 엄청나게 큰 갑충으
로 변해 있는 자신의 모습을 발견했다.
어느 날 아침 그레고르 잠자가 편치 않은 꿈에서

어느 날 아침 그레고르 잠자가 편치 않은 꿈에서
어느 날 아침 그레고르 잠자가 편치 않은 꿈에서
발견했다.
발견했다.
발견했다.

직업적 누워 있기

배가 차가우면 배탈이 날 수 있기 때문에
한수와 어린이들은 수건을 배에 덮고 예배당 장의자에
눕는다

낮에는 다 같이 강시 영화를 보았다
소리 내어 기도를 하고
어린이 찬양에 맞춰 막춤도 추었습니다

그랬던 한수였는데

안녕하세요
밖에서 어른을 볼 때면 꾸벅 인사도 잘하던 한수가 이제
는 엄마 아빠랑도 말 한마디 안 섞는 사춘기 청소년이 된
것입니다

한수 군은 지금 무얼 하고 있나요?
글쎄요, 누워 있지 않을까요?

예배당 장의자에 누워 있었습니다
한수가 다시 돌아왔다

돌아온 한수는
주로 조용히 누워 있다
전보다 다정한 말투와 상냥한 표정을 짓고

저출생 현상이 교회에까지 영향을 미쳐 주일학교를 더
이상 운영할 수 없게 되었습니다
라는 말에 서럽게 울기도 한다

돌아온 한수는 돌아오는 김에 군대도 다녀왔고
두 차례 연애도 했다

한수 원래 초등학생 아니었어?
얘는 무슨 소리를 하니 한수 중학생이었잖아

한수의 가족들은 거실에 모여 이야기를 했다
사라졌던 한수가 어떻게 다시 돌아왔는지
애초에 자기들도 모르는 사이 언제 사라졌던 것인지에
대해

한수는 소리 없이 벽 쪽으로 돌아누워 있고
문은 닫혀 있다

문이 너무 이상하다고 느낀 한수의 엄마가 문을 열었
을 때
한수가
우리 한수가 글쎄

기쁜 우리 젊은 날

우리가 도착한 식물원은 언제나처럼 평온하고 아름답게
있었다

우리가 처음 만난 이 식물원에서
우리는 오늘 마지막 만남을 가질 것이다
충분히 사랑했으니까 이별이 아쉽다거나 더 잘하지 못
해 미안하다거나 하지도 않고
우리는 서로가 편안하고 행복하기를 바라니까

하지만 우리는 우리를 불편하게 옥죄고 있잖아 여기까
지가 우리의 최선인 거야
이미 최선을 다한 사랑은 최선을 다해도 좋아지지 않
았다

우리를 둘러싼 식물들은 긴 줄기와 커다란 잎사귀로
식물원 전체를 덮을 것처럼
뻗어 있고
이름 모를 식물들의 이름을 추측하는 일은 우리를 즐
겁게 해 준다
우리는 이별도 잊고 초록이 주는 안도감에 빠져

손을 잡았다가
잡은 손을 그대로 당겨 끌어안았다가

은수야
은수야
노래처럼 불렀다
은수를 안고서

둘러보는 식물원은 마치 우리가 통째로 빌린 것처럼 고
요하다
아무렇게나 춤을 춰도 아무도 알지 못할 거야
우리가 걷는 걸음은 우리의 리듬
우리의 리듬은 우리의 기쁨

우리의 기쁨은
우리의 사랑

리듬에 응답하듯이 식물들이 움직였다
바람이 한 점도 없는 실내였는데

쿵

사람이었다

사전에 이야기한 대로

다음 정류장은 문래동 남성아파트입니다
안내 방송에 놀라 화들짝 깼다 나는 분명 부천에 가고
있었는데

애인이 떠나가고 하루 종일 술만 마셨다
술만 마셔서 애인이 떠나갔다

하지만 정말 제가 그리운 것은 애인보다는
애인이 기르는 고양이였습니다
고양이는 뭐라 해야 할까요?
고양이로 이루어진 생명체 같습니다
고양이로 이루어져서 이름도 고양이인 것이지요

아무튼 그리워하면서
술을 마셨습니다
꾹꾹이 당하고 싶다 궁디 팡팡하고 싶다 같은 생각을
했습니다

그렇다고 애인이 그립지 않았던 것은 아니었습니다
분명 나는 애인도 그리워했어

그 증거로 애인이 사는 지역은 가지 못하는 사람이 되었거든

그냥 다 없었던 일이 되었으면 좋겠다고 생각했다

그날의 찝찝함은 뒤로하고

분명 버스는 방금 전까지만 해도 소명 지하차도를 향하고 있었는데

잠깐 눈 감으니까 신도림을 지나고 있었다

기사님 이거 부천역 가는 버스 아니에요?

네 맞아요

문래동은 반대 방향 아니에요?

네 맞아요

그럼 안 되는 거 아니에요?

네 맞아요

어떡해요 그럼 저는 부천에 가야 하는데

그러자 기사는 나를 물끄러미 쳐다보며

네 맞아요 하지만 당신은 부천에 갈 수 없습니다 거기에는 고양이가 있잖아요? 우리는 고양이를 무서워하거든요

56

그렇게 말하고 기사는 목이 굳은 것처럼 정면에 시선을 고정시킨다

승객들도 모두 창밖만 바라본다

버스는 문래동을 지나 서울숲에 정차했다

문이 열리자 승객들이 모두 하차했다

버스 기사도 버스에서 내렸다

그림자벌레

우리가 미술관 바깥으로 나왔을 때
건물 외벽을 가리키며 너는 말했었다
저기 좀 봐 한쪽 벽이 완전 넝쿨로 덮였어 꼭 식물에 먹
힌 것 같아
네가 가리킨 넝쿨은 건물 바깥 여기저기로 뻗어 있었는
데
그다음 장면은 기억이 나지 않았다

이것은 어젯밤 내가 꾸었던 꿈이고

왜 그림이 시간이 지나면 색이 바래지거나 지워지는지
알아?
네가 말했을 때
미술관에서 말하고 있는 사람이 우리밖에 없어 주위를
살펴야 했다

아니, 몰라 뭐 때문인데?
목소리를 낮추어 말하면
그건 그림자벌레 때문이야
너도 목소리를 낮춘다

그림자벌레?

아니 그림자벌레가 아니고 그림 자벌레야 그림 속에 숨어서 사는 벌레인데 물감 색에 맞춰서 보호색을 만들거든 그래서 사람들이 이 벌레를 발견하지를 못한대 근데 이 벌레가 물감을 먹어서 영양분을 채우고 있거든 그래서 바래지는 거야 물감이 벌레한테 먹혀서

진짜야?
당연히 거짓말이지
너는 괜히 고개를 돌리며 딴청을 피운다
치, 그게 뭐야

미술관의 공기는 무겁고
너는 어떤 그림 앞에 멈췄다
뒤를 돌면 까먹을까 뒤로 걷는 연습을 했다
다리가 아팠다

암전
자벌레들이 화면 위를 기어 다닌다

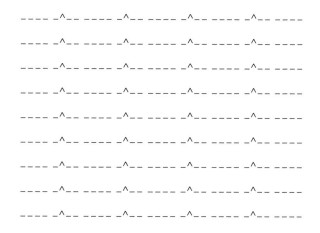

벌레 기어 다니는 느낌이 들어 눈을 뜨면 나는 미술관 한가운데 누워 있다. 너는 누워 있는 나를 보고 자벌레 같다며 웃는다. 사진을 찍는다. 내가 왜 누워 있었던 거지? 나 얼마나 누워 있었어? 물으면 너는 또 못 들은 척 딴청을 피우고

얼마나 누워 있었는지도 모르는 나를 제지하러 오는 사람도 없었고 양반다리를 하고 앉은 너를 쳐다보는 사람 또한 없었다. 미술관에는 우리 둘만 있는 것처럼 너를 한참 동안 멈추게 했던 그림도 간데없었는데

다시 눈을 뜨면 나는 건물 밖에 나와 있다
건물이 없는 것처럼
미술관 한쪽 벽을 덮었던 넝쿨이 건물 전체를 덮고 있
었다
넝쿨을 만지자 넝쿨은 순식간에 내 몸을 휘감았고

다시 암전
시야가 돌아왔을 때
나는 계속해서 뒤로 걷고 있었다

공작새 깃털을 줍는 사람

공작새의 깃털을 줍는 사람은 밀림 속 물가를 열심히 다니며 깃털을 줍는다

그동안 잘 지내셨어요? 걱정했었어요. 오랫동안, 소식이 들리지 않았잖아요.

집으로 돌아간 깃털 줍는 사람은 한 아름 주운 깃털을 몸 여기저기에 박아 넣고

깃털 줍는 사람의 몸에서 피가 난다

왜 그러시는 거예요? 온통 피가 나고 있잖아요. 라고 물으면

괜찮아요. 예쁘잖아요. 라고 깃털 줍는 사람은 말한다

몸에 잔뜩 공작새의 깃털이 박힌 채로 피 칠갑을 한 몸을 침대에 뉘이고

자기는 죽을병에 걸렸지만 이상하게 죽지 않았다고 죽을 때가 지났는데 아직까지 살아 있다고

나는 몸이고 마음이고 가릴 것 없이 너무 피곤했는데

주무시고 싶으시면 소파에 누워서 주무시면 돼요. 저는 침대가 아니면 잠들지 못해서요.

침대 시트를 피로 다 적셔 놓고서 깃털 줍는 사람은 말한다

아침이 되면 깃털 줍는 사람은 다시 물가로 나가서 공작새의 깃털을 한 아름 주워 온다

새로 주운 깃털을 몸에 박아 넣고 피 칠갑이 된 몸을 누인다

이 과정을 삼 일 동안 반복했다

혈액이 혈관 안에서 응고되는 병이었어요. 의사들도 원인을 찾지 못했죠. 나는 금세 병원의 유명 인사가 되었습니다.

깃털 줍는 사람의 몸에는 전보다 더 많은 깃털이 박혀 있다 그는 깃털이 박힌 부위는 옷을 입지 않는다

그는 이제 속옷만 입는다

그는 물가로 나가 물을 마신다

공작새들이 깃털을 부채꼴 모양으로 활짝 핀다

그는 그것을 보며 나에게 '적개심 같은 겁니다'라고 말한다

이제 나는 깃털 줍는 사람의 침대에 몸을 누이고

그는 소파 구석에 고요히 앉아 있다

침대에 베인 냄새는 좀처럼 가시질 않는다 시트를 빨아
도 빨아도 여전하다

혼자 추는 춤

그날은 금요일이었으면 좋겠으니까
그날은 금요일이다
앉았다가 일어났다가 다시 앉았다가 누웠다가 한다
잠잘 때 어떻게 자?
나는 옆으로 누워서 웅크려 자

어떤 사람은 아예 개구리처럼 엎드려서 잠들기도 한대
(그런 사람은 이제 없다)
몇 날 며칠을 밥도 안 먹고 잠만 잔 사람도 있었는데
(그런 사람도 이제 없다)

혼자 남아 춤을 추는 사람도 있었다
(그런 사람은 아직 있다)

신은 주사위 놀이를 하지 않는다
이는 동전 던지기를 통해 결정된 사안이다

왜 모두 사라지고 춤추는 사람만이 남았을까
어찌 되었든 그 결과로
춤은 있고

추는 움직임이 있고
어떤 움직임을 춤이라 부를 수 있는지에 대한 논의도
있었다

춤에 곁들일 만한 음악은 있는지에 대한 문제는
아직까지는 사회적 합의가 필요하다
(어차피 남은 사람이라고는 춤추는 사람뿐이다)

앉았다 일어났다 다시 앉았다 누웠다 옆으로 누웠다 개
구리처럼 엎드렸다가 팔다리를 대자로 뻗고 누웠다 다시
일어났다 다시 누웠다 쪼그려 앉았다 바닥에 엉덩이를 대
고 앉았다
(사실 바닥이란 개념은 사라졌다)

춤추는 사람은 그것을 춤이라 말했다
그것을 들은 사람은 아무도 없었지만 분명 누군가 그것
을 들었다고 했었기에
우리는 그것이 신이 존재한다는 증거로 삼기로 결정했
다

춤추는 사람의 춤은 혼자다
춤추는 사람이 쭉 뻗은 건 팔이다
자꾸 어긋나는 건 박자다
(그러나 사실은 어긋나지 않았다)

그러나 그는 계속해서 박자를 놓쳤다고
동작을 틀렸다고
말한다
그러나 아무도 그 말을 들을 수 없어서 그가 실제로 무
슨 말을 했는지는 알 수 없다

함께 추는 춤

숲의 부름을 받고
서울숲에 둥그렇게 모인 사람들은 원망도 없이
증오도 없이
오로지 춤을 추기 위해
이 자리에 홀린 듯 모였다

인사는 생략하고 일단 음악을 틉시다

아름다운 마음들이 모여서
내 이웃을 내 몸과 같이 사랑해요
미움 다툼 시기 질투 버리고
우리 서로 사랑해

손을 잡고 큰 원을 만들어 빙빙 도는 사람들
마음 따뜻한 포옹

그들은 모두 둥그런 쿠션어를 애타게 기다려 왔어
두 명! 하면 두 명씩
세 명! 하면 세 명씩 뭉친다
계시처럼 들려오는 목소리

마음에 안 들어

어떤 이가 낸 소리를 분명히 아주 똑똑히 들었고

덕분에 음악이 멈췄지

우리가 이런 말이나 듣자고 숲에 온 겁니까?

둥근 대형은 점차적으로 무너진다

낯선 목례와 길 잃은 눈동자

삽시간에 피어나는 건 의심하는 마음과 생각하는 마음

그만, 모두 그만하세요

그러자 모두 의심을 멈추고 다시 빙빙 돌았다

아주 즐거웠다

나의 가장 낮은 마음

　구청에서 근무하는 인석 씨는 요즘 스트레스가 이만저만이 아니다 터널 아래에서 캠핑을 하는 사람들 때문이다 매일같이 찾아가 쫓아내고 주의를 줘도 그때뿐이고 심지어 매번 다른 사람들이 오니 일일이 설명하는 수밖에 없다 터널에서 캠핑을 하지 말라는 팻말을 만들어야 한다고 주장해도 구청 사람들은 귓등으로도 듣지 않는다 터널에서 캠핑하는 사람이 얼마나 된다고 그런 걸 만드느냐고 세금 낭비라고 말할 뿐이다 답답한 인석 씨는 그럼 자기가 사비를 들여서 만들겠다 했지만 그것 또한 반려되었다 그것은 이치에 맞지 않기 때문이라는 것이 구청장의 생각이었다 인석 씨는 전혀 동의할 수 없었지만 말이다 아무튼 어쩔 수 없이 인석 씨는 매일 밤마다 터널에 가서 캠핑을 즐기는 사람들을 쫓아내야 했다 터널은 차가 오가는 곳이고 특히 새벽 시간에는 아주 빠른 속도로 다니기 때문에 이런 곳에서 캠핑을 하면 몹시 위험하다 그리고 터널에서 취사 행위 같은 건 당연히 안 되어 있다라고 말해도 그들은 귓등으로도 듣지 않는다 아쉬운 표정도 없이 짐을 챙겨서 자리를 떠날 뿐이었다 가끔 어떤 이가 홀로그램 함정 때문에 그렇다는 이해할 수 없는 말을 했다 친구들과의 술자리에서 인석 씨의 친구들은 주먹질을 하며 싸웠다 인석 씨가 낸 넌센스 퀴즈 때문이었다 거북이가 운동장 한 바퀴를 도는데 왼쪽으로 돌면 구십 분 오른쪽으로 돌면 한 시간 삼십 분이 걸려 왜 그럴까? 라는 문제였다 상철은 오른쪽으로 도는 것이 더 빠르기 때문이라 말했고 형우는 시간 차이는 얼마 나지 않으며 오히려 굳이 따지자면 오른쪽으로 도는 것이 더 시간이 많이 걸린다고 말했다 이에 화가 난 상철이 형우를 때린 것이다 싸움은 걷잡을 수 없이 커졌고 결국 형우가 국자로 상철의 이마를 내리치는 사태까지 벌어졌다 그리고 경찰이 왔다 인석 씨는 그날부로 두 사람과 연락이 끊겼다 형우와 상철은 인석 씨를 부르지 않고 둘이서만 만나서 술을 마신다 왜인지 모르게 두 사람은 자기들이 싸웠던 까닭이 인석 씨가 이간질을 했기 때문인 것으로 기억하고 있다 인석 씨는 그 둘이 그렇게 기억하고 있다는 사실을 전혀 모르고 있다 인석 씨는 그냥 매일 밤마다 터널에 가서 캠핑하는 사람들을 쫓아낼 뿐이다 구청은 터널에서 캠핑하는 사람들에게 아무 관심이 없으며 그런 이유로 인석 씨도 더 이상 단속을 하지 말아야겠다 결심하면 꼭 그때마다 인석 씨 개인 핸드폰으로 민원이 들어왔다 터널에서 캠핑하는 사람들이 있는데 어떻게 해야 하는 것 아니냐고 인석 씨는 끊었던 담배를 다시 피우기 시작했다 언젠가는 인석 씨에게 이런 민원이 왔었다 터널에서 사람들이 캠핑을 하는데 저러다 홀로그램 함정에 빠지면 어떡하냐고 지금 구청이 이런 것도 신경 안 쓰고 뭐 하는 거냐고 다짜고짜 길길이 화를 내는 사람이었다 인석 씨는 영문도 모른 채 죄송하다 말했다 인석 씨는 문득 홀로그램 함정이 뭔지 궁금해져서

저기 선생님 근데 홀로그램 함정이 뭡니까?

라고 물었다 그러자 민원인은 황급히 전화를 끊어 버렸다 그날은 구청장이 굳이 인석 씨에게 찾아와서 오늘은 조기 퇴근을 하라고 말했다 터널에 가지 말고 그냥 바로 집으로 귀가하고 앞으로 일주일 동안 휴가를 줄 테니 출근하지 말라는 말도 덧붙였다 인석 씨는 영문도 모른 채 집으로 돌아갔다 인석 씨 앞으로 택배가 하나 와 있었다 '고 인석' 인석 씨는 누가 보낸 거지? 하며 택배를 열었다 상자 안에는 상자가 있었다 그 상자 안에는 상자 안에 또 상자 상자 상자 상자 상자 상자 상자 상자 상자 상자 상자 상자 상자 상자 상자 상자 상자 상자 상자 그리고 상자 마지막 상

자를 열자 터널이 나왔다 터널에는 캠핑을 즐기는 사람들
과 구청장 그리고 민원인이 있었다 상철과 형우는 자리에
없었다 두 사람은 인석 씨에게 연락을 끊은 뒤로도 두어
번 정도 더 주먹다짐을 하며 싸웠는데 두 사람은 그게 인
석 씨 때문에 벌어진 일이라 생각하고 있다

아포칼립투스

최근 숲 실종 사건의 실종자가 하루가 다르게 늘어나고 있어 정부 차원에서 대책을 마련해야 하는 것이 아니냐 하는 국민들의 성토가 이어지고 있습니다. 현재까지 추정되는 실종자의 수는 만 명이 넘는 것으로 확인되고 있습니다. 현장에 나와 있는 장은수 기자와 연결해 보도록 하겠습니다. 장은수 기자.

예, 현장에 나와 있는 장은수 기자입니다. 저는 지금 경기도에 위치한 어느 숲 앞에 나와 있는데요.
사건이 발생하는 숲은 지금 어떻습니까?
이상한 점 같은 건 전혀 느껴지지 않고 오히려 너무 아름답고 평화로워 보입니다. 숲 주위에는 사람이 전혀 보이지 않는데요. 숲 근처로 오는 사람들이 모두 숲으로 들어갔기 때문인 것으로 추측되고 있습니다. 현재 사람들이 숲 실종 사건을 알면서도 숲으로 들어가는 까닭과 숲으로 들어간 사람들이 사라져 버리는 현상의 원인 또한 밝혀지지 않고 있는 상황입니다. 이에 대하여 정부에서는 산림청과 경찰청 그리고 소방청과 함께 실종자들을 찾기 위한 수색 인력을 투입하였으나 수색을 위해 숲으로 들어간 사람들마저 사라져 버린 상황입니다. 이에 정부에서는 군 병

력을 투입해서 현재 대한민국에 있는 숲 전체를 수색하는
것도 고려 중이라고 밝혔습니다.

방송국은 이러한 현상에 대해 숲 전문가 김목림 교수를
초청해 그의 의견을 듣길 원했으나 김목림 교수는 지난달
나무에 깔리는 사고를 당해 죽고 말았다
 뉴스를 본 사람들이 숲으로 향했다
 너무 많은 사람들이 뉴스를 봤다

 마른장마가 길게 이어지는 여름이었고
 숲의 지박령은 숲으로 들어오는 사람들을 지켜본다
 숲에서 나가지 못해 숲을 빙빙 돌 사람들
 결국 지쳐서 식물들의 양분이 될 양분들

 만일 이곳에 오는 사람들에게 우리 얘기를 함부로 떠벌
린다면 당신은 죽게 될 것입니다
 숲의 지박령은 그들에게 이러한 말을 들었을 때 이미
죽었는데 뭘 어떻게 또 죽인다는 거지 싶었지만 숲의 지
박령은 이미 숲속 존재가 되었으므로 꼼짝없이 그들의 말
에 복종해야 했다

편하게 있으세요

같이 저녁 먹어요

모두 당신을 기다리고 있었어요

조금만 더 있다가 가요

숲의 목소리가 들리면

사람들은 숲으로 갔다

사태의 심각성을 인지한 정부는 뒤늦게 숲의 입구를 폐
쇄했다

숲은 입구와 출구가 동일했다

새크리파이스

어린 나는 화가 나면 울고
화가 난다는 사실이 화가 나서 또 울었다
녹이 슬 때까지 인형을 끌어안고 잤다

사람이 너무 미워 견딜 수가 없었다

너 큰 병원 가 봤어?
나는 아주 많이 가 봤어 가족들이 나만 보면 울고 그랬
어 나는 가족들이 화가 많이 난 줄 알았어

레몬맨이 도착했을 때 이미 인류의 대부분은 절멸한
뒤였다
산 사람이라도 살려야 해
레몬맨은 숲속으로 들어간다

영재야!
뒤에서 누군가 불렀지만 레몬맨은 흠칫할 뿐 돌아보지
않는다

음식에서 신맛만 났어 처음에는 엄마가 나를 싫어해서

일부러 그러는 줄 알았거든?

그런데 중학교 때 엄마가 아파서 아빠가 밥을 차려 준 적이 있단 말이야 근데 그날도 음식이 너무 셔서

나는 그냥 엄마 아빠 둘 다 나를 싫어한다는 걸 알았지 그렇게 믿고 살았어 피부가 레몬처럼 노랗다는 이유로 자주 병원에 갔어

떨어져도 죽지 않는다는 사실을 안 건 고등학생 때야 사실 나는 중학교만 졸업하고 고등학교 안 갔으니까 고등학생이었던 적 없지만

숲으로 들어온 레몬맨 앞에 있는 건 춤추는 사람들
기쁜 마음으로 춤을 추고 있는데
여기는 너무 위험해요! 다들 나가셔야 합니다!
레몬맨이 외친다

아무리 떨어져도 죽지를 않았어 떨어지다가 몸이 공중에 뜨고 떨어지다가 뜨고 반복이었지 차랑 부딪히면 차가 반파되고 아무튼 그냥 알아 버린 거야 내가 죽지 않는다는 걸 근데 나만 안 죽으면 그건 너무 억울하잖아 나는 죽으려 해도 죽지 않는데 다들 그렇게 죽으면 나는 언제 죽

으라고 안 돼지 그건 안 되는 거야 나는 가만히 못 있어 나
는 성질이 못돼서 가만히 두고 못 봐 그런 거 나만 살 수
는 없는 거지 내가 살아 있는 한 누가 죽는 꼴 나는 못 봐
나도 살아 있는데 어? 나도 살아 있는데

　춤을 추던 사람 중 한 명이 춤을 추다 말고
　그럼 바깥은 안전합니까?
　그들이 추던 춤은 다 같이 대형을 이루어 추는 춤이었
으므로 춤은 중단되었고

　숲 밖의 사람들은 대부분 죽었다
　도시에서 온 사람은 믿을 수 없어요
　영물이 이곳이 가장 안전하다 했어요

　사람들은 춤추며
　숲을 빙빙 돌고

　레몬맨은 모든 걸 알고 있지만
　모든 걸 안다고 뭔가 할 수 있는 건 아니었다

그렇게 다 살리다 보니까 나는 어느새 영웅이 되어 있었어 레몬맨이 내 이름이었어 가족들도 나를 영재라 부르지 않고 레몬맨이라 불렀거든 그게 너무 이상해서 집을 나왔어 레몬맨이라 불린 뒤로 가족들은 나를 봐도 울지 않았고 이제 가족들은 화가 나지 않는구나 나는 너무 화가 나는데 그냥 모든 게 다 싫은데 그날 내게 레몬을 준 선생에게도 오렌지를 먹었던 애도 레몬을 먹고 오만상이 된 나를 보고 웃던 아이들도 아마 모두 식물의 먹이가 되었거나 숲속으로 흘려서 들어갔겠지 나는 그 사람들을 다 구할 생각이야 나는 자주 울었어 화가 나면 울던 버릇을 고치지 못했거든 울 때마다 작은 병에 담아서 레몬즙처럼 썼는데 이게 꽤 수입이 괜찮았어

제2부

삐삐 롱스타킹의 죽음

대장님 조사원이 확인해 본 결과
안 죽었답니다
뭐? 안 죽었어?

......

삐삐 롱스타킹의 안 죽음

삐삐 롱스타킹이 죽지 않았다
삐삐 롱스타킹이 죽어야 이야기가 진행이 되는데
삐삐 롱스타킹은 어째서 죽지 않고 저렇게 살아서 우리를 방해하는 걸까?

분명 머리에 총을 맞았는데요?
대원들은 삐삐 롱스타킹이 머리에 총을 맞았음에도 죽지 않은 사유에 대해 연구한 보고서를 다음 주까지 대장의 책상 위에 올려놔야 했다

나쁜 건 대장인가요 삐삐 롱스타킹인가요
대장이든 삐삐 롱스타킹이든 둘 중 하나는 죽어야 돼 그래야 우리 일이 줄어
짠이나 하죠
대원들은 퇴근 후에 따로 모여 술자리를 가진다
팀의 막내는 집에 가고 싶다

팀의 막내는 다음 주에 삐삐 롱스타킹을 저격해야 하는 업무를 맡았다
다른 대원들은 삐삐 롱스타킹이 출몰할 만한 지역을 조

사한다

만일 삐삐 롱스타킹이 이대로 영영 나타나지 않는다면 삐삐 롱스타킹의 암살을 목적으로 특별히 결성된 팀은 그대로 붕괴되고 말 것이다

우리가 수집한 빅 데이터에 의하면 이번 주 목요일 이곳에 삐삐 롱스타킹이 출몰할 것으로 예상됩니다 또한 행동 패턴을 분석한 결과 삐삐 롱스타킹은 스타벅스에서 커피를 주문한 다음 돌을 던져 매장 유리 벽을 깨 버리고 유리 조각을 자근자근 밟으며 유리 조각 밟을 때 나는 소리가 경쾌하다며 춤을 출 것으로 파악됩니다

그렇군 좋다 넘버 파이브!

네 대장님

이번에야말로 확실하게 삐삐 롱스타킹을 처리할 수 있도록 하게

네!

목요일은 다가오고

수요일에는 넘버 쓰리가 저 앞뒤 꽉꽉 막힌 놈이랑은

도저히 일 못 해! 콧구멍이랑 똥구멍도 막혀 버려라! 라고 말하면서 사표를 냈다

　넘버 쓰리가 말하는 앞뒤 꽉꽉 막힌 놈은 팀장님을 말한다

　넘버 쓰리를 제외한 나머지 대원들은 삐삐 롱스타킹이 출몰할 것으로 예상되는 스타벅스 매장 근처에 숨어서 삐삐 롱스타킹이 오기만을 기다리고 있었다
　넘버 파이브는 펄럭이는 코트 안쪽에 기다란 장총을 숨겨 놓고서

　기다렸다
　삐삐 롱스타킹이 오기만을
　하지만 오지 않았다
　삐삐 롱스타킹이

　이틀이 지났다
　대장님 아무래도 데이터가 잘못된 것 같습니다 이만 철수하는 게 어떨까요?
　하루만 하루만 더 기다려 봅세

대원들은 숨을 죽이고 삐삐 롱스타킹이 나타나기만을
고대했다

삐삐 롱스타킹을 죽이려고
삐삐 롱스타킹이 살아 있기를 바랐다

소년 프랭클린의 갑작스런 죽음

눈을 떠 보니 영혼이었습니다
이것은 나의 영혼 그리고 저것은
나의 육신입니다

마지막으로 본 만화영화에서는
모든 것을 파괴하는 거대 로봇과 그에 맞서는 괴생명
체가 나왔습니다
누가 이겼는지는 보지 못했고요 왜냐면 저는 갑작스레
죽었으니까요
반듯이 누운 저를 보느라 미처 텔레비전을 보지 못했
습니다

죄송해요 죄송합니다 죄스럽습니다
라는 말로도

용서받았다는 마음이 들지 않았습니다
이제 그런 건 아무래도 좋지만

나는 이 시를 쓴 김누우
이다.

제목에서부터 말했듯이 프랭클린은 죽은 것이 맞다. 프랭클린의 사망은 필요한 죽음이었다. 그러니까 시를 진행함에 있어서.

프랭클린을 죽이고 싶지 않았다. 어쨌든 프랭클린은 내가 창조해 낸 캐릭터이고 나는 박사를 비롯한 내가 만들어 낸 시 속 캐릭터 모두에게 일정한 애정을 갖고 있기 때문이다(만일 어떤 시가 잘되어서 내가 큰돈을 번다면 그 시에 나오는 캐릭터를 조금 더 좋아하게 될 가능성도 있다). 그러나 프랭클린은 죽었어야 했다. 일이 이렇게 되어 버려서 유감이라는 말 외에는 달리 할 말이 없다. 모든 것은 내 불찰이다. 프랭클린은 아무런 잘못도 하지 않았으며 모든 것은 시를 쓰는 나의 역량 부족으로 인해 벌어진 일이다.

나의 잘못으로 인해 연유도 모른 채 죽게 된 프랭클린에게 심심한 사과의 말을 전한다.

누군가는 프랭클린의 죽음이 아쉽고 슬플지도 모르겠다. 물론 나 역시 안타깝고 슬픈 마음이다.

프랭클린이 죽지 않고 일을 해결할 수 있을까? 아쉽게도 나는 방법을 찾지 못했다. 결국 부자연스러운 방법으로 프랭클린을 죽게 할 수밖에 없었고 이런 식으로 시에 개입

했다는 사실이 내게는 너무 커다란 실패이다.

음

아무래도 프랭클린을 다시 되살려야겠다.

나는 프랭클린과 긴 대화를 나눴고 내 역량 부족으로 생긴 일에 대해 프랭클린에게 사과 의사를 전했으며, 내가 만들어 낸 프랭클린이 살고 있는 세계에 대해 충분한 설명을 해 주었다. 그리고 협의 결과 프랭클린을 되살리기로 했다.

나는 프랭클린을 되살렸다.

프랭클린은 되살아났다

이것은 나의 영혼입니다

또 이것은 나의 육신입니다

Saturday

목요일
바깥에는 시체들이 산처럼 쌓였고
지하 방공호는 안전하다

밖으로 나가지 마 나가면 무조건 죽을 거야
이 안에 있어야 안 죽어
완전히 안 죽는 건 아니지만 그래도 지금은 안 죽는다
지금쯤 방공호 밖에서는 삼십 미터도 넘는 거대 로봇이
건물이고 나발이고 다 때려 부수고 있을 것이다

다리를 쭉 뻗고 누울 수도 없을 만큼 좁은 방공호 안에서
사람들은 그래도
우린 살았어 다행이야 다행이야
온 신경을 안심에 쏟는다

다닥다닥
다닥다닥 인간들은
몸과 몸의 접촉이 주는 온기가 주는 따뜻한 마음이 주
는 다정함이 주는 그런 안락함이 주는 신뢰를
믿지 않고

거대 로봇이 날린 로켓 펀치를 괴생명체가 단단한 엄니로 부숴 버렸다

거대 로봇은 우주 기지의 지원을 받아 새로운 펀치를 장착했다

괴생명체가 뱉은 로켓 펀치 조각은 아파트와 부딪혀 폭발하고

어떤 사람은 생각했다
가스 불은 끄고 나왔나?

또 어떤 사람은 집에 두고 나온 물건이 생각났다
그 물건이 뭔지 기억나지 않아서
기억나지 않는 물건이 지금 당장 있어야 할 것 같아서
그는 집에 가고 싶어졌다

지금쯤 싸움도 끝나지 않았을까요?
아직 바깥은 위험합니다

이 정도 지났으면 끝났을 법도 한데요?

바로 앞 연에서 위험하다고 제가 말했잖아요?

공기가 부족한 것 같다
고 그는 느꼈다

그렇게 생각하니 정말 숨이 턱 막히는 것 같고
집에 두고 온 게 공기였던 것 같고
그러니 보내 주세요 이 싸움이 끝나면 돌아가서 빨래를
할 거예요

그런 말을 해서는 안 됩니다 아주 위험한 발언이에요

사람들은 살려 달라며 기도하고
무릎을 꿇고 앉아 있으면 좁은 방공호도 꽤 넓은 것 같다

오십 년이 지나도 싸움이 끝나지 않으면 그때는 어떻
게 해야 할까?
그런 생각도 들었는데

도시를 지키는 괴생명체가 필살기 쓰는 소리가 들렸다

해치웠나?

그런 말은 해서는 안 된다고 제가 위에서 말했잖아요?

도희가 말했다

간밤에 눈을 뜬 도희는 목이 말라 물을 마셨다
물을 마시던 도희의 눈에 들어온 것은
지난 유럽 여행에서 구매한 낡은 엽서들 그리고
도희의 얼굴

도희는 침대에 걸터앉아서
도희의 볼을 쓰다듬는다
도희가 얼굴을 만지고 있는데도 도희는 깨지 않는다

턱을 괴고
깊이 잠든 도희의 눈을 본다

도희의 방에는 투명한 물컵과 도희 그리고
도희

도희는 도희의 행복을 바란다
도희의 행복을 바라던 도희는 그게 너무 큰 바람인 것
같아 가끔씩 울기도 했다
도희는 도희의 도희다

도희야
도희야
그만 일어나야지
도희야

도희를 흔들어 깨우자

눈을 뜬 도희는 목이 말라 물을 마셨다
물을 마시던 도희의 눈에 들어온 것은
지난 유령 여행에서 구매한 낡은 엽서들 그리고
도희의 얼굴

이십사시의 사랑

자정이 지나고 처음 맞이하는 열두 시를 정오라 부른다
정오가 지나고 처음으로 맞는 열두 시를 자정이라 부른다
정오와 자정의 합을 하루라 부른다
하루는 이십사 시간이다

상묵이 불쌍해서 어떡하냐며
한수는 엉엉 울었던 것이다

자정 넘어까지 문을 열고 정오 넘어까지 문을 열지 않는 맥줏집에서
우리가 나눴던 이야기는 사실 시끄러워서 잘 들리지도 않았고
우리는 그냥
되게 많이 웃었다

박수를 치면서
필름처럼
자정 넘은 시간까지

우스꽝스러운 개인기
친구들과 마피아 게임을 한다
이유도 없이 서로를 마피아라 지목한다
억울하게 죽게 된 시민은 억울하게 죽기 직전까지 자기
는 마피아가 아니라며 항변하고
죽고 나면 담배를 피우러 간다

그냥 우리는 이 공기가 좋아

괜히 밤공기가 차다는 말이나
이 추위에 아직까지 모기가 있네
같은 말을 했다
다 뭉개진 음질로 나오는 남자 가수의 노래

이게 누구 노래였지?
몰라 임창정인가?
임창정 좋아해?
생각해 본 적 없어

마피아는 다 끝났을까?

들어가 보면
술에 잔뜩 취한 친구들이 얘가 마피아야 아니야 얘가
마피아야
실랑이가 한창이다
여기까지 이르면 시민이나 마피아나 누가 이기든 지든
그런 건 상관이 없다

야야 그만해 일어나 집에 가자
상묵이가 친구들의 어깨를 한 번씩 주무르며 말했다
맥줏집에 사람이라고는 우리뿐이고
어느새 음악도 다 꺼져 있었다
임창정 노래도 들리지 않았다

정류장에 풀썩 앉아 까마득한 첫차를 기다리는 친구들
어쩌면 첫차 시간이 영원히 오지 않을 것처럼

취했고
미안, 사실 나는 아까 찬바람을 쐬서 그런가 술이 좀 깬
것 같아

상묵이가 말했다
다음 주면 군대에 가는 상묵이

야 안 되겠다 이십사시 카페라도 가자 아메리카노로 해
장해야겠어
그 말에 우리는 우르르 일어나 이십사시 카페를 찾기
시작했다

밤거리는 이상하리만치 사람이 없다
우리는 우리 목소리가 되게 크다고 느꼈는데
그게 진짜 컸던 건지 술에 취해 그렇게 느껴진 건지는
잘 모르겠다

33년째 팔리지 않는 떡볶이

그날 본 텔레비전에서는 33년째 팔리지 않는 떡볶이
가 나왔다
저게 말이 돼?

어휴 말도 마세요 저 양반 그 떡볶이 얘기만 나오면 눈
빛이 달라진다니까? 완전히 떡볶이에 미친 양반이야 그럴
거면 떡볶이랑 결혼하지 왜 나랑 결혼을 했담?
그날은 장사는 하지 않고
장사를 하는 모습만 따로 촬영한다

부부는 집으로 돌아와
방송이 나간 후 생길 홍보 효과를 생각한다
덩달아 따라올 수익 증가도

애물단지인 줄 알았는데 저게 보물이었네
아내는 말한다
남편은 가만히 있는다
사실 남편은 제작진과 따로 했던 인터뷰에서 '33년째
팔리지 않았다면 선생님께는 소중한 떡볶이잖아요. 희귀
하기도 하고요. 만일 누군가 와서 10억에 사겠다 하면 선

생님께서는 파실 건가요?'라는 질문에

　팔지 않겠다
　고 답했다

　밤이 되면 부부의 아들이 집으로 돌아온다
　열 시가 넘어 들어온 아들에게
　저녁은 먹었니 상묵아?
　아내는 묻는다

　아니요 생각 없어요
　아들은 말하고 방으로 들어가 문을 닫는다
　생각 없다는 말을 들은 부부는 생각이 많아진다

　이 주 후
　부부는 텔레비전 앞에 앉아 자신들이 나온 프로그램을
시청한다
　화장이라도 좀 할 걸 그랬다고 아내는 말한다
　남편은 가만히 텔레비전만 본다
　가만히 있다가 별안간 울기 시작했다

아내는 갑자기 남편이 왜 우는지 몰라 당혹스럽고
남편은 계속 엉엉 울고 있다

33년 동안 안 팔린 떡볶이면 다 썩은 거 아니야?
말이 되냐는 내 말에 네가 말한다
그런데 만든 지 33년이나 지난 떡볶이를 떡볶이라 할
수 있나?

우리는 그런 생각을 했고 떡볶이 생각을 하자 떡볶이
가 먹고 싶어져서
배달 어플로 엽기 떡볶이를 주문했다

허니 콤보도 먹을까?
너는 그건 별로 당기지 않는다고 한다

바캉스, 죽음(Feat: 정원)

과자 봉지는 물에 뜬다
맥주병은 가라앉는다
캔 맥주는 물에 뜬다
우리는 캔 맥주를 마시기로 했다

여름이 주는 낭만은 여름 그대로의 낭만이다
준비운동 없이 바다로 뛰어들면 일어날 수 있는 심장마
비에 대해 이야기하면서
우리의 마음 한켠은 심장마비를 무서워했지만
그날 한 친구가 심장마비로 죽었지만
오늘은 그런 얘기는 하지 않을 것이다

수박 한 조각 먹으면 그야말로 완벽한 여름
파도는 장면이 없고
잠수하는 모습에는 소리가 없다
이 긴 휴가의 끝엔 다 좋아져

바다에서 나오면 발바닥엔 모래가 붙고
씻어 내려 바다로 다시 들어갔다 나오면 또 모래가 붙고
영원히 바다에 있어야 하는 사람처럼

입안을 헹구니 후두둑 모래가 떨어진다
뭘 계속 삼킬 듯이
검은 바다가 동그래진다
친구가 정수리를 계속 긁는다
정수리에 모래가 붙은 것처럼

도시로 돌아가는 고속버스에는 도시로 돌아가는 사람
들이 있다
마지막으로 본 밤바다는 정말 아름다웠지

정말? 하고 물으면
사람들은 일제히 고개를 끄덕인다
바캉스에서 죽은 친구도 어느새 창문에 매달려 있다

●이 긴 휴가의 끝엔 다 좋아져: 에프엑스, 「바캉스」 중.

데리러 가

온종일 물놀이를 신나게 하고 집으로 돌아가면 할머니가 잘라 놓은 수박이 있다
젖은 머리를 말리지도 않고 와구와구 수박을 먹으면
바닷물과 과즙이 뚝뚝 떨어지고

할머니는 아무 말도 안 하고 수박도 안 먹는다
그냥 가만히
수박 먹는 나를 보는데

아까 바닷가에서 어떤 사람이 나한테 인사했다?
라고 말하자
내일부터 바다에 가지 말라고 한다
그렇게 큰 소리로 말하는 할머니는 처음 봤다

이제 그 여름은 다시 돌아오지 않는데

도시의 여름밤은 찬란하고
아주 덥다
애인과 공원 벤치에 앉아 맥주를 마시고

손을 잡은 채로 그냥 걸었다
서로 얼굴을 보다가
그냥 가만히
올라가는 입꼬리를 어떻게 할 수가 없어 가지고

하얀 강아지가 너무 귀엽다
애인은 가끔씩
삼색 고양이처럼 웃는다

이제 그 여름은 다시 돌아오지 않고

기일이 되어
오랜만에 모인 가족들

다 끝난 일인 것처럼 말하는 게 미워서
택시를 타고 집에 가 버렸다

해변을 지나는 택시
엄마가 많이 슬펐을 거야

저 멀리 손짓하는 누군가

하지만 그런다고 해도

이제 그 여름은 다시 돌아오지 않는다.

피식회

형광등을 갈아야지 갈아야지 생각만 하다가
어느덧 내 장례식이었다
점심도 못 먹고 너무 급하게 죽었구나
검은 옷을 입은 사람들이 둘러앉아 육개장 맛에 대해 논
하고 있었다

나의 죽음에선 짠맛이 난다
멀미가 났다
어제 영화 사이트에서 평을 읽던 영화는 사후 세계를
소재로 한 영화였고

내 영정 사진을 보며 너는 엉엉 울었다
죽은 사람의 얼굴은 영정 사진으로 기억된다는데 이 사
진은 너무 못생기게 나왔잖아
육개장이 짜다는 이유로 너는 또다시 운다

그건 네 눈물이 네 입으로 들어갔기 때문이야
하지만 그렇게 말해 주지도 못하고 나는 죽고 말았구나
갈지 못한 형광등이 쉴 새 없이 깜빡였다
그런데 지금 생각난 건데

너랑 나 안 좋게 헤어졌잖아 그것도 엄청 나쁘게

그렇게 생각이 드니까 편하게 눈을 감을 수가 없는 것
이었다
형광등은 여전히 깜빡이고 너는 울면서 편육 한 접시
를 더 달라 한다
어지러워, 목말라, 눈도 너무 뻑뻑해

유가족들의 뜻에 따라 시신은 대학 병원에 기증하기로
결정했다
목이 말랐다 바닷물이라도 마신 것처럼

발인이 끝나고 돌아간 그들의 삶은 어떻게 지속
되는가

모임은 즐겁고

웃긴 얘기가 웃기다

오랜만에 만난 친구들은 여전히 유쾌했다

너희들을 알게 되어서 너무 기뻐, 나 정말 태어나길 잘
한 것 같다

하지만 이 말을 하게 되면 난 금세 놀림거리가 되겠지

그러다가 툭 영진이가 질문을 던졌다

만약에 세상에 큰 재앙이 일어나서 사람들이 다 죽는
데 너희가 딱 한 사람을 살릴 수 있어 그럼 너희는 누굴
구할 거야?

다들 선뜻 답하지 못하고 망설이고 있던 중 내가 먼저
자신 있게 손을 들었다

이런 일은 옛날부터 생각해 왔었으니까, 세상이 멸망하
기를 내심 바라고 있었으니까

나는 내 눈앞에 보이는 아무나를 구할 거야. 그 사람이
어떤 사람이건 상관없이 말이야. 왜냐면 지금 그 사람을
구할 수 있는 사람은 나뿐이잖아

그렇게 답을 했더니

그 사람은 살고 나는 그만 죽어 버렸다

그 일이 있고 난 후로 사람들은 모두 서울로 올라가 산다
재앙을 피해 다다른 곳이었다
서울 외의 지역에는 대전에 한 명, 인천에 세 명만이
살았다
내가 구한 사람은 마포에 거주하고 있었다
재앙이 있은 후에도 친구들은 6개월에 한 번, 상황이 여
의치 않을 때면 일 년에 한 번 만나 웃으며 회포를 풀었다

만나자마자 건네는 인사말은 다음과 같다
그동안 어떻게 지냈어?
영진이는 서울 외의 지역에 사는 네 명 중 한 명이고, 영
진이는 대전에서 혼자 살고 있다
친구들은 영진이의 지난 삶에 대해 상상했다
그러나 내가 말하지 않은 부분을 여러분은 알 수 없다

내가 망자일 적에 한 발표회

　백여 명 정도가 앉을 수 있는 규모의 소극장에서 진행되는 신곡 발표회였다
　오늘은 저곳을 보면서 노래해야지
　나는 시선을 둘 곳을 미리 찾아 놓았고
　긴장감이 좋았다

　말을 꺼내기 전까지 살아 있는 핸드폰 불빛, 모르는 웅성거림
　'반갑습니다'라고 내가 말하면 사람들은 침묵한다 꺼지는 핸드폰 불빛
　노래를 부르면 사람들은 다시 웅성거린다 핸드폰 불빛이 켜진다 내가 시선을 뒀던 빈자리에 누군가가 들어와 앉는다
　1절이 끝나갈 때 느꼈지 아무도 내 노래를 듣지 않는 걸 보면서
　이곳은 나의 무대가 아니구나.
　초대받지도 않은 곳에 와서 노래를 부르고 있었구나.
　그러나 이미 부른 노래를 멈출 수는 없었고, 웅성거림 속에서 계속 노래했다 아무도 듣지 않기를 간절히 바라며

라고 독백하며 주인공은 울었다 소극장 관객석에 앉은 우리도 덩달아 슬퍼져서 눈물을 흘렸고

　백 명의 관객이 우니까 관객석은 금방이라도 울음바다가 될 기세다 이후의 이야기가 어떻게 진행됐는지 모를 정도로 우리는 펑펑 울었다

　화장이 다 번졌다며 너는 두 손으로 얼굴을 감싸고 있었는데 그 모습을 보며 나는 네가 또 울 것만 같았다 네가 또 울면 나도 덩달아 또 울게 될 텐데

　그렇다고 우리가 같이 우는 것도 아니잖아.

　나는 이 문장을 종이에 적었다

　그럼 이제 그 문장을 소리 내어 또박또박 읽어 보세요

　집과 사람과 나무를 그려 보세요

　마음을 담아서, 마음을 다해서 마음을 전달하세요

　여러분은 구천을 떠도는 귀신이니까

　죽은 이의 이름을 세 번 부르면 그 영혼이 반응한다는 사회적 통념을 이해하셔야만 합니다.

　뒤에서 누군가 세 번 부르면 뒤돌아보세요

　그리고 노래를 부르세요 옆에서 부르면 덩달아 같이 부르세요

같은 노래를 서로 다르게

파리 대왕

현 시간부로 프랑스는 다시 왕정 국가로 돌아감을 선포
합니다

선포를 마치자 단두대가 대통령의 목을 자른다
시민들이 박수를 친다
시민들이 모두 백성이 되는 순간이었다

맥도날드 가문이 새로운 왕가로 추대되었다
인망이 두터운 가문임에 틀림없으니까요
백성들이 환호했다

대통령의 목이 개선문 앞 광장에 전시되었다
새 왕가의 탄생을 축하하는 파티가 일주일 내내 계속
되었다

쏘리 쏘리 쏘리 쏘리
유행하는 케이팝 댄스를 다 같이 추었고
딴딴 딴 따단 따라 딴딴딴딴
Nege banhaebeoryosseo baby

백성들이 동시에 허리를 젖히는 안무를 하는 모습은 그야말로 장관이었다

나는 아직도 그날이 잊히지가 않아요

그리고 십 년이 지났다

광장의 목 동상을 보며 사람들은 십 년 전의 파리를 기억한다 그해 열린 월드컵에서는 이탈리아가 우승컵을 들었었지 홍 와인의 와자도 모르는 추파꾼 놈들

사사키 맥도날드 공주가 병상에 누운 지도 어언 삼 년이었다

파리는 비탄에 잠긴 도시고

왕은 집무실에 홀로 앉아 골똘히 생각했다

공주는 어떤 병에 걸린 거지?

전하 공주마마는 침략병에 걸렸사옵니다 공주마마는 지금 침략 전쟁을 하지 못해 병이 난 것이옵니다

나라에서 가장 용한 마녀가 왕에게 아뢰었다

공주야 그게 사실이더냐

피…… 피가 모자라요……
공주야 그래도 전쟁은, 침략은 안 된다
침략이 안 되면 침공을 하면 되지
공주는 침략을 하지 못해 삼 일을 밤새 울고

너는 공주가 아니로구나, 너는 공주가 아니야
왕이 말하자
별안간 공주의 목이 뒤틀린다
겹겹이 쌓인 목소리로 공주가 무어라 말을 했으나 그
것은 불어가 아니었기에 왕과 신하들은 알아듣지 못했다
이 악마야!
그렇게 말을 뱉은 신하의 목이 잘리고

왕이여 네가 원했던 거래가 아니었느냐
악마라 불린 자는 공주의 목소리로 말을 한다
광장 앞 목 동상이 땅으로 떨어진다 그곳에 있던 백성
여럿이 죽거나 다쳤다

내가 네게 대통령의 목과 왕의 자리를 주겠다 약속했
고 그리하면 네가 내게 백성들의 피를 주겠다 약속한 사

실을 잊은 것은 아니겠지 존 맥도날드 탐욕의 왕이여 두려
워하지 마라 나는 단지 받으려는 것을 받으려는 것뿐이니
　계약을 이행하려는 자는 공주의 목소리로 말했다
　신하들의 목에 붉은 가로줄이 그어졌다 신하들이 엉
엉 울고 있다 그들은 원래 공무원이거나 평범한 사무직이
거나 시인이거나 무용수거나 건설 현장 노동자이거나 백
수이거나 슬픔에 겨운 사람이거나 기쁜 사람이거나 했다

　궁전 밖 백성들은 쓰러진 목 동상을 수습하며 이 동상
이 왜 세워진 것이지 생각했으나 생각이 나질 않았다 대
통령의 목을 왜 자르려 했던 것이었는지도
　나라에서 가장 용한 마녀는 손목을 긋고 있었다 모든 것
을 알고 있었기 때문에

텔레포트 300초

0001 장롱 틈 사이에 동생이 숨어 있었다

0002 이제 형이 숨을 차례야

0003 초록색 박스 안에 숨었다

0004 이삿짐센터 직원들이 손 없는 날 이사를 왜 하냐며 쉬지 않고 욕을 했다

0005 박스 위로 옷가지와 피아노와 소파가 쌓였다

0006 이사 기념으로 가족들이 짜장면을 먹는다

0007 나는 웅크려서 핸드폰만 만졌다 처음 보는 코미디언이 나와서 재미없는 코미디를 했다

0008 일부터 백까지 세었다

0009 동생이 못 찾겠다 꾀꼬리를 하지 않았다

0010 아무도 날 찾지 못할 곳에 숨었는데 정말 아무도 찾지 못했다

0011 재미없어 이제 이 놀이는 그만하자

0012 동생아 나도 짜장면 먹고 싶어 말해도

0013 너무 깊이 숨은 까닭에 아무도 듣지 못했다

0014 일부터 백까지 한 번 더 세었다

0015 재미없는 코미디언이 재미없는 코미디를 멈추

지 않았다

　0016 자기가 말하고 자기가 웃었다

　0017 이제 그만할래 동생아

　0018 너는 나를 찾지 못했지만 그래도 이거는 네가 이긴 거야

　0019 그냥 그렇게 하자 그렇게 해서라도 그만하고 싶어

　0020 일부터 백까지 한 번 더 세었다

　0021 위로 쌓인 소파와 피아노와 옷가지를 치우고 박스 밖으로 나왔다

　0022 줄기가 긴 식물들로 가득했다

지루해하는 관객을 마주한 코미디언의 불안

여러분 저는 똥을 싸다가 문득 이런 생각을 했습니다 그렇습니다 로댕처럼 말이죠

만일 있잖습니까 만일. 우리가 통 속에 든 뇌라면? 어떤 미친 과학자가 통 속에 뇌를 넣어 놓고 계속 자극을 주는 것이라면? 그게 우리 삶이라면?

아아 이런 노래가 생각나네요 아주 좋은 노래죠

뇌 속에 뇌가 너무도 많아

준비해 온 회심의 농담이 먹히지 않자 그는 직감했다

망했다

등이 뜨거워지고 이마에 땀이 맺혔다

왜 이렇게 조명이 뜨겁지?

코미디언은 자꾸 의아하다

객석 구석에 앉아 핸드폰을 만지는 사람

코미디언의 눈에는 그것이 너무 잘 보인다

코미디언은 모든 광경을 눈으로 보는 사람이다

관객 몇몇이 그의 코미디에 작게 웃었지만 코미디언은

미처 발견하지 못했다

이 모든 무대는 실시간으로 촬영되어 스트리밍 되고 있
다
시청자는 한 명이다
코미디언은 사명감을 갖고 단 한 명의 시청자를 위한
코미디를 한다
코미디언이 다음에 시도할 개그는 실패할 개그이다

준비해 온 개그를 모두 소진한 코미디언은 땀을 너무
많이 흘렸다
무대를 내려오며 코미디언은 생각한다
'다 때려치우고 고향에 내려가서 농사나 지어야지'

코미디언의 생각을 들은 관객들이 자지러지게 웃는다
배를 움켜쥐고
나의 유령이 말한다

리빙 데드가 부르는 소리

(입에 익은 대로 부르시오)

랄랄라 랄랄라 랄라라 랄랄 랄랄랄라
랄랄라 랄랄라 랄라라 랄랄라

그리고 일어나 아껴 놓았던 춤을 추어라

랄랄라 랄랄라 랄라라 랄랄 랄랄랄라
랄랄라 랄랄라 랄라라 랄랄라

제3부

물고기 행진

마지막 기대를 걸었던 워그레이몬마저 여지없이 나동 그라졌을 때 쉬라몬은 그만 울고 말았다 필살기가 고작 물고기 행진이라는 게 너무 억울해서

석아! 진화시켜 줘!

무슨 소리를 하는 거야 쉬라몬? 석이는 오늘 공무원 시험 보러 갔잖아! 여기는 나랑 태일이 그리고 쉬라몬 너뿐이라고!

그러게 집에 있으라 했잖아 쉬라몬!

내가 도움이 안 돼서 그래?

아니 쉬라몬 그런 얘기가 아니잖아 오늘은 석이 형도 없고 저 녀석은 아주 흉포한 디지몬이니까

위험하니까 위험하니까 그렇지

쉬라몬의 필살기는 작은 물고기들을 소환해 조종하는 '물고기 행진!'이다

쉬라몬은 쿠가몬과의 전투에서 다른 동료 디지몬이 필살기를 쓸 때 혼자 몸을 던져 백 태클을 걸었다

다시 한 번 가자 워그레이몬!

진화가 풀렸던 아구몬이 다시 워그레이몬으로 초특급 진화했다

진화할 때마다 이름이 바뀌면 그건 이름이 없는 것과 다름없는 것 아닐까?

테라 광선!

워그레이몬이 대기 중에 흩어진 에너지를 한곳으로 집중시켜 만든 커다란 에너지 탄을 이름 모를 흉포한 디지몬에게 던졌다

이름 모를 흉포한 디지몬은 이번에도 테라 광선을 삼켜 버렸다

테라 회오리!

워그레이몬은 곧바로 몸을 빠르게 회전시켜 회오리바람을 만들어 냈다

그대로 이름 모를 흉포한 생명체에게 돌진해 삽시간에 이름 모를 생명체의 몸을 찢어발겼다

이겼다!

　태일과 쉬라몬은 박수를 치며 기뻐했다
　쉬라몬은 친구들이 적을 쓰러뜨렸을 때 박수 치는 것 하나만큼은 누구보다 자신이 있었고

　죽은 디지몬은 데이터가 되어 사라지지도 않고 그냥 바닥에 떨어진 잔해 그대로 남았다
　물고기 행진으로 죽은 물고기들도 돌아오지 않는다

슬픔을 표현하는 네 개의 선

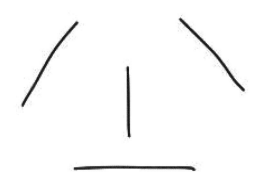

아이가 어린이집에서 그림을 그려 왔다

얼굴을 그린 거야? 물으니 아이는 슬픔을 그린 거라 대
답한다

어린이집에서 슬픔을 배워 왔다고

아이는 슬픔 발음이 어려운지 자꾸 ㄹ을 ㅅ으로 발음한
다

이 그림이 좋아?

아이는 그림이 좋다며 일억 초 만에 일억 개도 그릴 수

있다고 한다 일억은 얼마 전에 아이가 접한 가장 큰 숫자
이다 아이는 아직 일억보다 큰 숫자를 모른다

　자 집에 왔으면 뭐부터 해야 한다 했죠?

　아이는 불리한 질문에는 대답하지 않는다 그 대신 가방
에서 스케치북을 꺼내 슬픔을 그리기 시작한다
　열 번만 그리고 손 씻는 거야 알았지? 약속
　일억을 알게 된 아이에게 열 번은 너무 작은 숫자이다

　슬픔이가 그렇게 좋아? 라고 물으면
　아이는 슬픔이가 아니라 슬픔이야라고 답한다

　선생님이 슬픔이 뭐라고 말씀해 주셨어?
　라는 질문은 아이에게 불리한 질문인 것 같다
　아이는 점점 그림 같은 표정을 짓는다

　손 씻고 나면 멍멍이 보러 공원 갈까? 라고 말하면
　아이의 얼굴에 다시 화색이 돈다 그러나 다시 시무룩
해지고

밖에 멍멍이 없어
응? 멍멍이가 없다니?
몰라 멍멍이 없어

아이는 그림을 마구 그린다 정말 일억 초 만에 일억 개
를 그리려는 듯이
열 번만 그리기로 했잖아
아이는 자기가 불리할 때면 입을 꾹 다문다
오후 다섯 시가 되면 아이는 어린이 채널에서 방영해 주
는 짱구는 못 말려를 본다 아이가 그린 슬픔들이 장난감들
과 함께 거실에 널브러져 있었다
아이는 곧 짱구보다 나이가 많아질 것이다

도희는 들었다

그날 도희는 혼자 맥줏집에 앉아
옹기종기 모인 남자애들이 웃다가 울다가
마피아 게임하는 소리를 들으면서 맥주를 마셨다

왜 이렇게 유난을 떨지
도희는 생각했다
그날 밤 도희의 꿈에는 기억나지 않는 얼굴이 나왔다

그날 이후로 도희는 자주 악몽을 꾼다

도희도 있었다

그 일이 일어날 당시 도희는 파리에 있었다
알 수 없는 이유로 사람들이 사라지고
끔찍한 광경을 목격할 때

도희는 에펠탑 앞에서
'vin vin'이라고 외치는 사람들을 보고 있었다

광장 한가운데에 놓인 프랑스 대통령의 목
도희는 그것을 바라보며 인간의 악의란 어디까지 도달
할까 생각하고
술에 취해 비틀거리던 도희

그날 저녁 도희는 한국은 며칠째 비가 계속 내리는데 거
기도 그렇니
라고 묻는 엄마의 메시지를 받았다

그날 도희의 꿈에는 아무도 나오지 않았지만
또 도희는 그날도 하루 종일 누구와도 이야기하지 않
았지만
도희는 꿈에서 누군가와 이야기를 나눈 것 같은 기분을

느꼈다

그날 네가 본 걸 나도 보았어

라는 문장이 떠올랐다.

도희는 침대에 누워 혼자 영화를 본다
영화는 서로를 사랑하는 두 사람이 서로가 서로를 사랑
하지 않는다고 굳게 믿어서 벌어지는 갈등이 나오는 영화
갈등이 최고조에 이르면 서로를 사랑하는 두 사람은 서
로를 죽이겠다는 생각을 한다

도희는 이다음 장면을 예상하지만 다음 장면을 예상하
는 동안 다음 장면이 나타나 도희의 예상은 다음 장면과
뒤섞인다
도희는 조금 더 먼 미래를 생각한다
그 미래는 대체로 긍정적이고 크게 기쁘지는 않지만
그래도 어느 정도 행복한 그런 미래다

욘욘슨

쿵스쿵스쿵스 쿵스쿵스쿵스
쿵쿵따리 쿵쿵따 쿵쿵따리 쿵쿵따 쿵쿵따리 쿵쿵따
쿵쿵쿵쿵!

권보아! 쿵쿵따!
아보크! 쿵쿵따!
크레욘! 쿵쿵따!
욘욘슨! 쿵쿵따!

야 잠깐만 욘욘슨이 뭔데
이 새끼 생각 안 나니까 모르는 척하는 거 봐 얌샘이 쓰
네
아니 욘욘슨이 뭔데 처음 들어봐 그런 말이 있다고?
너 욘욘슨 몰라? 존나 유명한데 욘욘슨을 모른다고?
욘욘슨 모르는 새끼는 처음 보네 니 이빨까는 거 아니
냐? 슨 생각 안 나 갖고?

사람 이름이 욘욘슨이라고?
아 이 새끼 뭐지? 존나 욘욘슨탈트붕괴 올라고 그래 진
짜 몰라?

136

모른다고 처음 듣는다니까

그런 애가 있어 욘욘슨이라고 사람 이름이야 존나 유명해 테레비에도 나왔을 걸?

이날의 뼈아픈 패배가 욘욘슨 성명학을 만드는 계기가 되었습니다 잊으려 해도 잊히지 않았습니다

욘욘슨 성명학의 창시자이자 권위자인 존 존슨 박사는 그날을 회상하며 이렇게 말했다 '모르는 것을 마주했을 때 그 자리에서 인간은 비로소 한 걸음 더 나아갈 수 있다'

존 존슨 욘욘슨 성명학 박사의 세미나 자리였다

제가 지난번 세미나에서 이런 연구 결과를 발표한 걸 많은 분들이 들으셨을 겁니다

이브이는 거꾸로 해도 이브이고 이러한 이브이 법칙에 따른다면

연예인 이효리 씨 이름은 거꾸로 해도 이효리라는 사실을요

그건 정말 하하 잠시 제 자랑을 좀 하겠습니다 아주 놀

라운 발견이었습니다 만일 누군가 제게 와서 존 존슨 박
사님 박사님 덕에 인류가 한 걸음 더 나아갈 수 있었습니
다라고 말하면 음
부정하지는 않겠습니다

하하하하하하하하하
하하하하하하하하하

존 존슨 박사는 웃음기를 싹 거두고
여러분 오늘은 제가 욘욘슨 성명학의 근간 자체를 뒤흔
들 연구 결과를 발표하려고 합니다
오랜 연구 끝에 알아냈습니다

욘욘슨의 이름이 사실은 욘욘슨이 아니라는 사실을요
(일동 놀람)

그렇다면 욘욘슨은 무엇일까요?
맥빠지는 소리겠지만 아직 그건 밝혀내지 못했습니다
다만 어떤 호칭이 아닐까 그런 추측을 해 볼 수는 있겠
군요

만일 이 추측이 사실로 밝혀진다면 욘욘슨 성명학의 이름을 욘욘슨 호칭학으로 바꿔야 할 수도 있겠네요 하하

박사님의 발표는 여기서 마치고 다음으로 질문을 받도록 하겠습니다
(연필 사각사각하는 소리)
(타자기 두드리는 소리)

노래 흥얼거리는 소리도 들린다
기타 치는 소리도

수군수군 술렁술렁 울렁울렁
딩가딩가 우당탕탕 얼렁뚱땅
천방지축 어리둥절 빙글빙글

문 쪽에 앉은 어린 참가자 하나가 불쑥 손을 들었다

박사님! 이브이는 거꾸로 해도 이브이라 하셨습니다
네 맞습니다 이브이는 거꾸로 해도 이브이지요
그럼 긔엽긔는 거꾸로 해도 긔엽긔인가요?

(다 함께 따라 부릅시다)

아침 먹고 땡 점심 먹고 땡 창문을 열어 보니 비가 오네요 지렁이 세 마리 기어가네요

아이고 무서워

해골바가지

세미나에 모인 사람들은 노래를 불렀더니 그림이 나왔다며

마법 같은 일이라며 손뼉 치며 좋아했다

합평에서 살아남기

상상해 보세요

여러분은 지금 어느 합평회 현장에 들어와 있습니다 이번 목표는 이곳에서 무사히 살아남아 탈출하는 것입니다 합평회는 문학이나 하는 샌님들로 그득한 곳이라 지난번 살아남았던 명절에서 살아남기에 비하면 훨씬 쉬울 거라 생각하시겠지만 그것은 착각이라고 단호히 말씀드릴 수 있습니다 합평회에서 살아남는 건 명절에서 살아남는 것만큼 아니 어쩌면 그 이상으로 어려운 일이라 할 수 있습니다 명절은 길어야 3일이지만 합평회는 그렇지 않습니다 만일 여러분이 합평회에 있다가 자칫 문학에 매력이라도 느낀다면 정말 끝입니다 합평회는 문학에 빠져 헤어 나오지 못한 그런 사람들이 모인 곳입니다

합평회에 참여하려면 합평에 가져갈 작품이 필요합니다 우리의 목적은 합평회에서 무사히 살아남아 탈출하는 것이기 때문에 잘 쓰려고 하지 말고 그냥 아무거나 쓴 다음에 가져가십시오 할 수 있다면 아예 아무것도 안 써 가지고 가는 게 좋겠지만 저들을 섣불리 자극해서는 안 됩니다 그들은 함부로 특정 지을 수 없기 때문에 어떤 행동

이 그들을 자극하는 행동인지 쉽게 알 수 없습니다 그러니 섣부른 행동은 금물입니다 명심하세요

작품을 읽습니다 그리고 질문을 받습니다 질문에 대답하지 마세요 그냥 당신이 할 수 있는 문학에 대한 말을 아무렇게나 늘어놓으세요 아무것도 모르고 쓴 척 의도하지 않은 척 천재인 척 가만히 있으세요 행여나 당신이 쓴 문장에 대해 이야기하다가 자칫 문학에 빠지게 될 수 있습니다 합평회가 무서운 점은 거기에 있어요 지난번 합평회에서 살아남기에서도 열 명이 참여했는데 아홉 명만 살아남는 불상사가 벌어졌습니다 끔찍하죠 그 사람은 아직도 문학을 하고 있다고 합니다 어쩌면 이 합평회에 있을지도 모르겠군요

당신의 차례를 무사히 넘겼다면 거의 살아남았다고 볼 수 있습니다 이제부터는 핸드폰만 하세요 핸드폰만 계속이요 어차피 살아남고 나면 다시는 안 볼 사람입니다 걱정하지 마세요 이제부터는 살아남는 것에만 신경을 씁시다

혹시 당신이 대충 써 간 작품이 누군가의 질투를 살지도

모릅니다 만일 그렇다면 아주 기쁜 일입니다 누군가 당신을 질투하는 것 같거든 최대한, 최대한 더 대충 썼고 막 썼고 그냥 썼고 나는 문학에 별로 관심이 없고 문학에 목숨 걸지 않았다는 태도를 보이세요 그걸 본 질투자가 문학을 접을 수도 있습니다

합평이 끝이 났습니다 이제 무사히 빠져나오기만 하면 됩니다 오늘 가져온 텍스트가 좋았느니 어쨌느니 하는 말은 듣지 마세요 말을 섞지 마세요 얼른 빠져나오세요 만일 누군가 당신에게 마라탕을 먹자고 말해도 절대로 먹어선 안 됩니다 마라탕 국물에 빠지는 게 아니라 문학에 빠질 수 있어요 합평이 끝난 뒤 할 얘기는 문학 얘기뿐일 겁니다 명심하세요

당신은 궁금할 겁니다 왜 문학에서 헤어 나오지 못하는 게 잘못된 거죠? 좋은 질문입니다 잘못된 것은 하나도 없습니다 아무것도 아무것도요

저 시 썼는데 한번 봐 주세요

지난 주말, 시에서 주최하는 '자연과 함께하는 시와 문학' 행사에서는 문학을 사랑하는 지역 주민들이 한자리에 모여 시를 읽고 쓰는 시간을 가졌다

영화 패터슨을 함께 관람하고 생활을 영위하며 시를 쓰는 삶에 대해 생각했다

여러분 여러분의 시를 포기하지 마세요 여러분의 삶이 곧 여러분의 시가 되어 줄 거예요

지역에서 나고 자란 젊은 시인이 말했다

시인과의 만남 시간에 참석한 지역 주민들은 젊은 시인을 난생처음 봤지만 젊은 시인이 답지 않게 아는 것도 많고 똑똑한 것 같다고 생각했다

젊은 시인은 시도 잘 쓰고 자기만의 시 세계도 잘 구축되어 있어 앞으로 문단에서 그 이름이 많이 언급되고 어쩌면 한 세대를 대표할 시인이 될지도 모르지만 이 시에서만큼은 중심인물이 아니다 어차피 젊은 시인은 외모도 훤하고 어딜 가나 이목을 끌 타입이기 때문에 구태여 여기가 아니더라도 불릴 곳은 많을 것이다

이 시에서는 젊은 시인이 아닌 사람을 다룬다
그는 젊지도 않고 시인도 아니다
그에 관해 긴 얘기를 하겠지만 미리 한 줄로 요약한다면
그는 자기 발가락을 만지는 사람이다

그의 출생지는 미국 캘리포니아주다 어린 시절을 미국에서 보낸 그는 스무 살 무렵 자신의 뿌리를 찾겠다며 돌연 한국으로 떠났다
그는 중국계 미국인이다

한국에 온 그는 군에 입대하려고 했지만 그는 한국인도 한국계도 아니었기 때문에 군에서는 그를 받아 주지 않았고 그는 군에 입대하는 대신 명절 특집 방송 전국 외국인 노래자랑을 필두로 몇몇 외국인 예능 프로그램에 출연했다 한국어를 잘하는 중국계 미국인이 그가 내세운 컨셉이었다
물론 전부 사실이었다

그렇게 방송에 몇 번 나갔다
지금은 수도권 지역에서 분식집을 하고 있다

가끔씩 분식집에 방문한 손님이 그를 알아보기도 했다
그럴 때면 그는 하하 네 맞아요 하하 떡볶이가 너무 좋아
서 이제는 떡볶이 장사해요라고 너스레를 떤다
　그럼 어떤 아저씨들은

　이야 한국인 다 됐네 한국인 다 됐어
　라고 말했는데
　그는 실제로 삼 년 전에 귀화 신청을 했고 나라에서 그
것을 받아들여 한국 국적을 취득했다

　그러니까 젊은 시인은
　이 분식집의 단골손님이다 젊은 시인은 떡볶이를 먹으
며 시를 쓴다
　몇 시간이고 앉아 있는 젊은 시인은 장사에 도움이 되
는 사람은 아니다
　다만 그는 젊은 시인이 젊은데 시인이라는 사실이 신기
하다 젊은 시인은 팔에 문신이 잔뜩 있고
　짐짓 점잖으면서도 요즘 말을 많이 쓴다

　젊은 시인은 누군가와 통화를 하고 있다

그는 튀김을 튀기는 척 슬며시 그의 통화를 듣고 있다
통화가 끝나고 젊은 시인에게 그는

시인이에요?
라고 물었다
그러자 젊은 시인은
아니요
라고 답했다

인코그니토

우리는 담배 한 대를 서로 나눠 피우고
마치 서로 사랑하는 것처럼
한 침대에 누워 서로를 이불 삼아 얕은 잠에 들었다가
다시 깨는 식으로 밤을 보내기로
가만히 천장을 바라보며 누워 있다가
이것을 그냥 사랑이라 부르지 않기로
그렇게 다짐을 하기로

그러고 나면 우리는 할 얘기가 없어서
집 안 곳곳을 서성였다가
어두운 게 싫어서 커튼을 걷었다가
결국 포기하고 인정하며 형광등을 켜기로

새벽기도에 가야 하는 네가 오늘은 기도를 하지 않기를
바라는데
새벽기도에 다녀서 많은 것들이 좋아졌어
더 좋아졌다고 말은 하지만 사실 우리는 좋은 게 무엇
인지 모르고

나는 너를 미워하지 않아 굳이 따지자면 좋아하는 쪽

에 더 가깝다

　네가 기도를 마치고 돌아오면 바로 아침을 먹을 수 있
게 아침을 준비한다
　냄비에 담긴 물에 된장을 풀고 먹기 좋게 잘라 놓은 야
채와 두부를 넣는데
　사랑한다는 건 어떤 행위를 말하는 것인지
　나는 전혀 조금도 알 수 없다

　믿어지지 않으면 눈을 감곤 했다
　의자를 토끼나 선풍기라 부르는 방법을 알지 못한다

내 날개를 타고

나래는 슬픈 일이 생겨서 양해를 구한 뒤 먼저 집에 들어갔다

다음 날 둘이 따로 있을 때 물어보니 슬픈 일이 있었던 건 아니고 슬픈 기분이 들어 집에 간 것이라고 나래는 말했다

우리는 같이 저녁을 먹었다

걸으면서 우리는 아무런 대화도 하지 않았다

할 말이 없었기 때문이다

나래는 슬픈 기분이 아직 가시지 않았다고 말했다 우리의 대화는 아마 거기서 끊겼던 것으로 기억한다

나래와 나는 아직 말을 놓지 않았다 둘 중 누가 먼저든 '우리 말 편하게 할까요?'라고 말하면 곧바로 말을 놓을 수 있겠지만 아직 둘 중 어느 누구도 그런 말을 꺼내지는 않고 있다 나래와 나는 동갑이고 우리는 존댓말과 반말을 섞어서 쓴다

나래와 공원에서 맥주 마셨다

술에 취한 나래는 죄를 고백한다 그것은 가볍고

무겁다

죄가 가벼울 때면 다음 날 나래 씨 그랬던 거 알아요? 하며 농담을 던질 수도 있지만 죄가 무거우면 아무 일도 없었던 것처럼 행동해야 한다

나래는 일주일 중 나흘을 괴로워한다
나래가 너무 슬퍼할 때면 나쁜 기억 지우개를 권한다 나래는 나쁜 기억이라도 지우는 건 아니라고 울면서 말한다

어떤 날은 미뇽을 잡으러 갔다
미뇽은 없고 미뇽을 잡으려는 사람들만 있었다

미뇽을 잡을 때마다 미뇽 사탕을 세 개 주거든요? 근데 포켓몬을 박사에게 보내면 마리당 사탕을 하나씩 줘요 그럼 한 마리를 잡아서 박사에게 보낸다 치면 마리당 네 개의 사탕이 생기는 거예요 그리고 야생 포켓몬한테 파인 열매를 먹이고 잡으면 사탕 세 개를 추가로 줘요 그럼 몇 개죠?
일곱 개요

맞아요 일곱 개 일곱 개죠 이게 신뇽으로 진화하는데 스물다섯 개 망나뇽으로 진화할 때 백 개 필요하니까 총 백이십오 개가 필요해요 백이십오를 칠로 나누면 열여 덟 마리? 정도 잡으면 되나 봐요 한번 잡아 보죠 뭐 열여 덟 마리

우리는 잉어킹만 잔뜩 잡았다
잉어킹도 사탕 사백 개만 모으면 갸라도스로 진화시킬 수 있어요

나래는 그날 잡은 잉어킹 마흔일곱 마리를 모두 박사 에게 보냈다
나래가 지은 죄를 듣는다

어느 날 나래는 담담하고 평이한 목소리로
아무래도 나쁜 기억 지우개를 써야겠다며 내게 전화를 했다

우천 시 취소 특집

비가 너무 많이 와서 계획이 연기가 되었습니다
뭉게뭉게

그것은 손으로 잡을 수 있나요?
아니오
그럼 눈으로 볼 수 있나요?
예
살아 있나요?

예
저기요 제가 생각한 답이 맞다면 이게 살아 있을 리가
없는데요?
땡! 틀렸습니다!

오답자는 손발을 포박당한 채 지하 감옥으로 끌려간다
지하 감옥에는 아주 커다란 입이 있다

그것은 살아 있나요?
아니오

지금 의도대로 흘러가고 있나요?
그 질문에는 대답하지 않겠습니다

뿌연 계획은 약간의 유독 물질이 함유되어 있다 사람들
은 그걸 알면서도 계획을 눈으로 보고 손으로 만지고 입
에 넣고 코로 들이마신다

계획이 뭉개졌기 때문에 지금부터 일어나는 모든 일은
돌발 상황입니다
뭉개뭉개

지(하 감)옥과 연결을 시도해 보았습니다
여보세요? 거긴 지금 어떤가요? 여보세요? 여보세요?
커다란 입이 무슨 말이라도 할 줄 알았는데

입이 열 개라도 할 말이 없었습니다
마지막 퀴즈 쇼에서 우리들은
탈락하지 않으려고

봉에서 불이 나오길 간절히 기도한다

펑 터졌을 때
불 대신 연기가 나온다면

뭉게뭉게
연기가 되었습니다

●무한도전 우천 시 취소 특집은 2011년 8월 13일과 20일 두 주에 걸
쳐 방송되었다.

这件事情跟我一点都没有关系

이것은 가정이다

세세한 무엇 무엇은 한 번씩 그렇다 치고 넘어가기로
한다

별다른 논리 없이 툭 튀어나오는 것

그러니까 갑자기 단추가 떨어진다든지 하는 것이나

자고 일어났더니 기분이 나아진 것 같은

죽고 싶다는 생각을 많이 했는데

여전히 살아 있는 그런

나는 모르지만 어쩌면 당신은

'그것들은 모두 인과관계를 설명할 수 있는 것들이다'

라고 말할지도 모른다

그럼 그냥 그렇다고 치자

가정은 편하고

믿음으로써 지탱할 수 있다

빙빙 돌다 더 멀어지기 전에 이 말을 먼저 해야겠다

나는 사랑을 믿는다

이걸로 내 목적은 달성되었으며 목적을 달성한 채로 출

발한다

　이제부터는 할 말이 없다 그래서 그냥 지어낸 얘기를
할 것이다
　인천 어느 동네였고

　가을이는 술에 취했다 나와 가을이는 서로 처음 본 사이
다 나는 뭔가를 사려고 엄마 아빠와 인천까지 왔는데(아마
내 물건은 아니고 아빠 물건이었을 것이다) 가을이는 취했
고 나는 가을이를 처음 봤는데 가을이는 우리가 이미 아
는 사이인 것처럼 행동했다 편의점에 가서 숙취 해소제를
사서 가을이에게 건네고 나서도 나는 거기서 떠나지 못하
고 있었다 물건을 산 엄마 아빠가 가 버렸다 나는 가을이
가 어디 사는지도 모르고 가을이는 술에 잔뜩 취했고 나
는 가을이를 그날 처음 봤다 하지만 가을이는 이미 나를
알고 있었다 나는 가을이라는 이름을 그냥 알고 있었다 그
렇지만 나는 가을이를 처음 봤다 가을이는 핸드폰이 없었
다 원래 없는지 없어졌는지 아무튼 없었다

　더 이상 못 지어내겠다

사랑을 믿는다는 말은 두 가지 의미를 가지고 있다
첫째는 사랑이라는 게 실제로 존재한다고 믿는 것
둘째는 내가 사랑을 할 수 있는 사람이라고 믿는 것

인코그니토라는 시에 이런 구절을 쓴 적이 있다
사랑한다는 건 어떤 행위를 말하는 것인지
나는 전혀 조금도 알 수 없다

인코그니토의 마지막 수정 날짜는 2019년 9월 29일이
다
나는 그 뒤로 가을이를 만난 적이 없다
할 얘기는 이미 다 했다
다른 말은 곁가지에 불과하다

밤의 손님

쭉 직진하다가 모퉁이를 돌면 전봇대가 나와요 그럼 거기서 또 쭉 직진하세요

거기까지 가셨어요? 아니요 아니요 전신주 말고요 전봇대요 전봇대 아 둘이 같은 거예요? 전신주랑 전봇대랑? 네 네 맞아요 노란색 전봇대 그러니까요 너무 이상하지 않아요? 전봇대가 노란색인 게 말이에요

네 거기서 쭉 직진하세요 그러다 보면 할아버지 한 분이 앉아 계실 거예요 그럼 그 할아버지한테

고추 먹고 맴맴
달래 먹고 맴맴

이 노래를 불러 주세요 그럼 할아버지의 문이 열릴 거예요 거기로 들어가시면 돼요

들어가셨어요?

가사 틀리시면 안 열려요 아 할아버지가 없다고요? 그럴 리가 없는데 분명 제가 거기에 왔는데 왜 없지? 없으면 안 되는데 진짜 없어요? 하 씨 미치겠네 일단 알겠어요 감사해요 조금만 기다려 주시겠어요?

과장님! 할아버지가 없대요!

아니 그게 뭔 말도 안 되는 소리야

과장이 후다닥 달려와서 모니터를 확인했다 할아버지
가 있어야 할 곳에 할아버지가 없었다

야야 어제 분명 할아버지 네가 여기에 놓지 않았냐?

그랬죠 과장님한테 확인까지 받았잖아요

근데 왜 없냐고

저야 모르죠 지금 안에서 기다리고 있을 텐데 어쩌죠?

큰일 났네 진짜 일단 죄송하다 하고 오늘은 이용하실 수
없다 해야지 뭐 어떡해

오래 기다리게 해서 죄송해요 저희가 할아버지가 없으
면 진행을 할 수가 없거든요 근데 할아버지가 지금 없는
데 어디로 갔는지 저희도 찾아야 해서(야 그걸 말하면 어
떡해!) 아쉽지만 오늘은 더 이상 이용이 불가능하실 것 같
아요 정말 죄송합니다 죄송합니다

미리 본 결말

재가 죽을 거야

그러자 정말 쟤가 죽었다

죽은 쟤를 이제 어떻게 처리해야 하나
이제 재가 돼서 사라질 거야

라고 말하자 진짜 재가 되어 사라졌다

너 이거 봤어?
문이 열릴 거야

문이 열렸다
할아버지가 있었다

저 할아버지는 뭐지?
그러게 저 할아버지는 뭐야
너 이거 본 거 아니야?

할아버지

할아버지
여기 계시면 안 돼요 위험해요

여기 위험해?
너 여기 와 본 거 아니야?

할아버지
할아버지?
왜 갑자기 입을 벌리세요 할아버지

낮의 주인

아무튼 우리는 도망치기로 했다
어디로 도망쳐?
그걸 말하면 들키잖아 바보야

과장님 할아버지 찾았습니다
찾았어?
네 이상한 곳에 가 있던데요
코드 또 꼬였었나 보네 어떻게 찾았어?
모르겠어요 그냥 카메라에 잡히던데요
일단 다시 여기로 소환해 고생했다

네

네네 고객님 네네 할아버지가 다시 생성되어서요 지금
부터 다시 이용이 가능하실 것 같거든요 네네 그럼 즐거
운 여행 되시길 바랍니다 네네 고추 먹고 맴맴, 달래 먹고
맴맴이요 네네 네~

근데 우리 왜 도망치는 거야?
이제 그만 도망쳐도 돼

그러자 우리는 그만 도망치기로 하자

우리 등 뒤에는 쉽사리 넘을 수 없을 것 같은 높은 벽이
있었고 우릴 쫓아오던 그것은

우리 진짜 왜 도망친 거지?

과장님 근데 저거 원래 켜져 있는 게 맞나요?

응? 뭐가?

이거요

야 이게 왜 켜져 있어?

그러게요

야 지금 할아버지 문 열렸어?

할아버지요? 확인해 보겠습니다

문이 아니라 할아버지 입이 열려 있는데요

뭐? 야 꺼 꺼 빨리 꺼

안에 사람 있는데요?

일단 꺼 끄라고 얼른

빨리 꺼

金이라고 읽으세요

　처음 와 보는 인천의 어느 대학가를 걸으면서 우리는 계
란빵을 찾아다녔다
　거기 가면 계란빵을 무조건 먹어야 한다고 친구가 말했
기 때문에

　거기가 진짜 가성비의 동네야 밥 먹고 커피 마시는데
만 원이면 된다니까
　정말일까 싶어 진짜 딱 만 원만 들고나왔는데 정말이었
다 밥 먹고 커피를 먹었는데도 천오백 원이 남았다

　친구의 말대로 계란빵은 정말 맛있었고 우리는 배가
불러서
　미추홀구는 미와 추가 홀 그러니까 구멍에 빠져서 뒤섞
였다는 뭐 그런 뜻인가
　또 이상한 말을 했다

　함께 교정을 걸으면서
　사실 걷지는 않고 그냥 가만히 서서
　교정이란 발음이 이상하다고 느꼈다 특히 정을 발음할
때 입 모양이 웃겼다

왜 웃어?

그냥 정이 웃겨서

정이 웃기다는 말을 너는 이해하지 못한다 그러면 뭔가 주고받은 기분이 들고

인덕이에게 먹이를 주지 마세요

인덕이는 공과대학에서 만든 하얀색 기계 오리를 가리 킨다

인덕이에게 먹이를 주고 싶었다

그다음에는 별안간 사람들이 솟아나더니

우리에게 토마토를 던졌다

계란도

너는 나를 안심시키려고

괜찮아 괜찮아 친구들이 장난치는 거야 그냥 장난으로 던지는 거야

하지만 장난이라 하기에는 너무 많은 양이었다

그렇지만 나는 이미 알고 있다 실은 이 모든 것이 다 꿈

이라는 걸

　왜냐면 네가 나랑 인천까지 와서 계란빵을 사 먹고 나
를 안심시킬 리가 없잖아

　아무튼

　토마토는 계속 날아오고 계란도 그렇고

　이것이 꿈이 아닐 때까지

　계속 날아왔다 온몸이 빨갛고 노랗고 끈적거리고 그
러는데

　알겠어 이건 꿈이 아니야 전부 진짜야 교정 발음도 그
만할게 계란빵은 먹어도 될까?

　알았어 안 먹을게

　그러니까 그만

　'이제 그만'이라고 말하자

　꿈에서 나는 눈을 감고 있었고 미래적 디자인의 안경
을 쓰고 있었다

　다시 눈을 뜨고 안경을 벗으면

　여기는 숲이다

jae와 미래의 사랑

jae와 미래는 서로 사랑하는 사이다

물론 당사자들에게 직접 물어본 것은 아니지만 직접 묻는다 하더라도 아마 예상한 응답을 얻을 수 있을 거라 예상한다

jae는 외국에서 나고 자랐다

외국은 미래가 없는 나라를 말한다

미래는 한국에서 나고 자랐다

미래는 살면서 한 번도 외국에 가 본 적이 없다 비행기도 타 본 적 없는데 미래가 고등학생일 때 수학여행으로 제주도를 간 적은 있었지만 그때는 배를 타고 갔었다

jae와 미래가 처음 만난 곳은 인천 공항에 위치한 스타벅스였다

그때 jae는 태어나서 처음으로 한국에 온 것이었다 미래는 공항에 오면 떠나는 기분이 들어 자주 인천 공항으로 놀러 가고는 했었다

접점이 전혀 없는 두 사람이 어떻게 접점이 생긴 것이

냐 물으면

jae와 미래의 대답은 한결같다, 한결같이 기억이 나지 않는다 말하고 '그러게 우리 진짜 어떻게 만났지?'라는 말을 각자 나라의 언어로 말한다 한국계이고 한국어를 공부한 적이 있는 jae는 미래가 하는 말을 알아들을 수 있다 미래 또한 자기 개발 차원에서 익힌 외국어가 마침 jae의 모국어라 jae가 하는 말을 알아들을 수 있었다

jae와 미래는 웃는다 무언가 또 비밀이 생긴 것처럼

우리는 셋이서 밥을 먹었다

jae는 그저께 한국에 왔고 미래는 내일 태어나서 처음으로 비행기를 타게 된다 오사카로 3박 4일 동안 여행을 다녀온다고 했다

jae는 서로의 타이밍이 맞지 않은 것을 무척이나 아쉬워했다

거기서도 늘 하던 것처럼 페이스 타임 하면 되지. 미래는 말했다

다음 날 우리는 다 같이 공항으로 갔다 싸다 보니 짐이 너무 많아졌다며 도와 달라는 미래의 부탁 때문이었다

무슨 3박 4일 가는데 짐을 이렇게 많이 가져가
내 차에 jae와 미래를 태우고 인천 공항 고속도로를 탔다

새벽녘 도로는 차갑고
안과 밖의 공기 차로 인해 차창에는 자꾸 김이 서린다

잠깐 창문 좀 내릴게
미래는 다시 한번 여권을 확인하며 '응' 대답한다
jae는 아직 잠이 덜 깼다

찬 공기가 차 안으로 들어왔다

—

게이트 앞에서 jae는 미래를 꼭 끌어안았다
이러다 비행기 놓치겠어
그래도 jae는 미래를 놓지 않았다

오사카행 비행기 탑승이 시작되었다는 안내 멘트가 스
피커를 통해 나오고 있었다

•김연덕 시인의 시 「재와 사랑의 미래」의 제목을 인용 및 변형하였음.

Thanks for coming

집에 가서 연락할게요
오지 않기를 바랐다

그냥 누웠다가
다시 일어나 불을 끄고 눕는다
평소에는 주로 무얼 하냐는 질문에 그냥 누워 있다고 대답하지 말았어야 했다

핸드폰으로 새로 살 파자마를 찾는다
검은색 잔체크무늬가 좋다 내가 좋아하는 색을 다른 사람들도 좋아했다
보라색을 좋아하는 사람이 되고 싶어
보라색을 좋아하는 게 멋져서 보라색을 좋아하는 게 아니라 그냥 보라색이 좋아서 보라색을 좋아하는 사람

누워서 생각했다
레드벨벳 좋아한다는 말 들었을 때 너무 반가워하지 말걸
가장 좋아하는 노래도 행복이 아니라 빨간 맛이라고 할걸

반성이 길었다 잘못한 게 없어서
반성을 길게 했다
가능한 결과를 생각하고
가능한 결과가 내가 바라는 결과뿐이라 다시 반성했다

집에는 잘 들어가셨어요? 저는 이제야 집에 도착했네요
오늘 만나서 즐거웠어요

라고 메시지가 왔을 때 나도 모르게
고마워요
라고 보냈다

죄송합니다,

다시 할게요